CUENTOS DE

H. P. LOVECRAFT

Austral Cuentos

CUENTOS DE

H. P. LOVECRAFT

Traducción
Simon Saito Navarro
Joan Josep Mussarra Roca
Víctor Ruiz Aldana
Daniel Casado Rodríguez

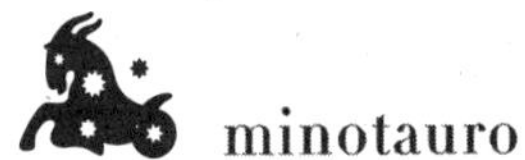

Obra editada en colaboración con Editorial Planeta – España

Títulos originales de los cuentos: *Dagon, The Nameless City, The Hound, The Rats in the Walls, The Festival, The Haunter of the Dark*

Diseño de la colección: Austral / Área Editorial Grupo Planeta
Ilustración de la portada: © Núria Just
Composición: Realización Planeta

Bajo el sello editorial AUSTRAL M.R.
Avenida Presidente Masarik núm. 111,
Piso 2, Polanco V Sección, Miguel Hidalgo
C.P. 11560, Ciudad de México
www.planetadelibros.com.mx

Primera edición impresa en España en Austral: mayo de 2025
ISBN: 978-84-450-2061-6

Primera edición impresa en México en Austral: junio de 2025
ISBN: 978-607-39-2953-0

Impreso en los talleres de Impregráfica Digital, S.A. de C.V.
Av. Coyoacán 100-D, Valle Norte, Benito Juárez
Ciudad de México, C.P. 03103
Impreso en México - *Printed in Mexico*

Índice

Dagón

Escribo esto bajo una fuerte tensión mental, pues esta noche habré dejado de existir. Sin dinero, y agotada mi provisión de droga, que es lo único que me hace soportable la vida, ya no puedo seguir aguantando esta tortura; me arrojaré desde la ventana de esta buhardilla a la inmunda calle de abajo. No me toméis por un pusilánime o un degenerado porque sea esclavo de la droga. Cuando hayáis leído estas páginas que ahora escribo atropelladamente, es posible que os hagáis una idea, aunque nunca será completa, de por qué merezco el olvido o la muerte.

Fue en una de las regiones más expuestas y menos frecuentadas del vasto Pacífico donde un buque de corsarios alemanes apresó el paquebote en el que iba yo de sobrecargo. La gran guerra estaba entonces en su inicio y las fuerzas navales alemanas aún no habían caído a lo más bajo de su degradación; por lo tanto, nuestro barco fue capturado respetando las leyes y nuestra tripulación fue tratada con la deferencia y la consideración debidas a unos prisioneros tomados en alta mar. De hecho, tan relajada era la disciplina de nuestros captores que al cabo de cinco días de ser hechos prisioneros me las arreglé para escaparme solo en un pequeño bote, con agua y provisiones para mucho tiempo.

Cuando por fin me encontré libre y a la deriva, apenas tenía idea de dónde estaba. Nunca había sido un navegante competente, de modo que solo pude conjeturar de una manera muy vaga, por el sol y las estrellas, que me hallaba por debajo del ecuador. Ignoraba por completo la longitud y no se divisaba isla ni costa algunas. El tiempo era bueno, y durante incontables días fui a la deriva bajo un sol abrasador, con la esperanza de que pasara algún barco, o que las olas me arrojaran a la playa de alguna tierra habitable. Sin embargo no aparecían barcos ni tierra, y empecé a desesperar en mi soledad, en medio de aquella ondulante e infinita inmensidad azul.

El cambio se produjo mientras dormía. Nunca conoceré los detalles, pues mi sueño, aunque agitado y lleno de pesadillas, fue ininterrumpido. Cuando finalmente desperté, descubrí que la mitad de mi cuerpo había sido absorbida por una especie de fango negro, viscoso y horrendo, que se extendía a mi alrededor con monótonas ondulaciones hasta donde alcanzaba la vista, y en el cual había encallado mi bote.

Aunque es de imaginar que mi primera reacción fuera de asombro ante una transformación del paisaje tan prodigiosa e inesperada, en realidad sentí más horror que perplejidad; ya que la atmósfera y el suelo putrefacto tenían algo siniestro que me heló el corazón. La zona estaba corrompida por los cuerpos de peces en descomposición y de otras criaturas menos identificables que emergían en el cieno de la interminable llanura. Tal vez no debería hacerme la ilusión de ser capaz de expresar con meras palabras el horror indescriptible que puede reinar en el silencio absoluto y la estéril inmensidad. Nada se oía ni se veía salvo una vasta extensión de limo negro; si bien la quietud y la uniformidad del paisaje me causaban una sensación de asfixia y náuseas de pavor.

El sol resplandecía en un cielo que me parecía casi negro por la cruel ausencia de nubes, como si reflejara la tenebrosa ciénaga en la que estaban hundidos mis pies. Mientras trepaba a mi bote varado, me di cuenta de que solo había una explicación plausible a mi situación. A causa de un levantamiento volcánico sin precedentes, el fondo oceánico había emergido del mar y dejado al descubierto zonas que durante millones de años habían permanecido ocultas en las insondables profundidades del océano. Tan vasta era la extensión de la nueva tierra emergida debajo de mí que, por mucho que aguzaba el oído, no percibía el más leve rumor de oleaje. Tampoco había aves marinas que se abatieran para alimentarse de aquellos animales muertos.

Pasé varias horas pensando y dándole vueltas al asunto sentado en el bote, que, encallado sobre un costado, proporcionaba un poco de sombra a medida que el sol se desplazaba por el cielo. El suelo también se endurecía a medida que avanzaba el día, de manera que parecía bastante probable que en poco tiempo estaría suficientemente seco para poder caminar por él sin peligro. Apenas dormí esa noche, y al día siguiente me preparé un fardo con comida y agua, con la idea de emprender un viaje por tierra en busca del desaparecido mar y de un posible rescate.

La mañana del tercer día comprobé que el suelo se había secado lo bastante para andar por él con comodidad. El hedor a pescado era insoportable; pero me preocupaban cosas más graves que esa pequeña molestia, y con arrojo me puse en marcha hacia un objetivo desconocido. Durante todo el día caminé sin descanso en dirección oeste, guiado por un lejano montículo que se alzaba por encima de las demás elevaciones del escabroso desierto. Acampé esa noche, y al día siguiente reanudé la marcha hacia el montículo, aunque parecía escasamente más cerca que cuando lo había divisado por primera vez. En la tarde del cuarto día llegué al pie de la elevación, que resultó ser mucho más alta de lo que me había parecido de lejos; delante se extendía un valle que resaltaba aún más su altura en relación al resto del paisaje. Demasiado cansado para acometer el ascenso, dormí a la sombra de la colina.

No sé por qué mis sueños fueron tan extraños esa noche; pero antes de que la fantásticamente gibosa luna menguante hubiese subido muy alto sobre la llanura oriental, me desperté bañado de un sudor frío, decidido a no dormir más. No me sentía capaz de soportar de nuevo las visiones que había tenido. Y a la luz de la luna comprendí lo equivocada que había sido mi decisión de viajar durante el día. Sin el sol abrasador, la marcha me habría resultado menos agotadora; lo cierto era que en ese momento me sentía con fuerza para emprender el ascenso que por la tarde me había parecido imposible. Recogí mis cosas e inicié la ascensión hacia la cima de la colina.

Ya he dicho que la ininterrumpida monotonía de la sinuosa llanura me causaba una vaga sensación de horror, pero creo que mi terror aumentó cuando alcancé la cumbre y vi al otro lado una sima o un cañón insondable, en cuyas grietas oscuras todavía no entraba la luz de la luna. Tuve la sensación de hallarme en el límite del mundo, contemplando desde su borde un caos inescrutable de noche eterna. En mi terror afloraron extraños recuerdos de *El Paraíso perdido* y de la espantosa ascensión de Satanás a través de informes territorios de tinieblas.

A medida que la luna se elevaba en el cielo, comencé a descubrir que las paredes del valle no eran tan verticales como había imaginado. Los salientes y los afloramientos rocosos proporcionaban asideros y apoyos bastante cómodos para el descenso; luego, a partir de unas decenas de metros más abajo, el declive continuaba de una manera más gradual. Movido por un impulso que soy incapaz de analizar con precisión, bajé con dificultad por las rocas hasta la pendiente más suave, sin dejar de mirar las profundidades estigias donde aún no había penetrado la luz.

De repente me llamó la atención un objeto singular y de grandes dimensiones que había en la ladera opuesta y que se erguía verticalmente a un centenar de metros de donde me hallaba yo; un objeto que brilló con un resplandor blanquecino en cuanto recibió los primeros rayos de la luna ascendente. Enseguida me di cuenta de que no era más que una piedra gigantesca; pero tuve la clara impresión de que su contorno y su posición no eran del todo obra de la Naturaleza. Un escrutinio más detenido me colmó de unas sensaciones que no soy capaz de expresar; puesto que, a pesar de su enorme magnitud y de su situación en un abismo abierto en el fondo del mar en los albores del mundo, advertí, más allá de toda duda, que el extraño objeto era un monolito perfectamente tallado, cuya imponente masa había conocido la destreza y quizá la adoración de criaturas vivas e inteligentes.

Aturdido y asustado, aunque no sin cierta emoción de científico o de arqueólogo, examiné con atención mis alrededores. La luna, ya casi en su cenit, bañaba de una luz espectral y cruda las paredes perpendiculares que rodeaban el abismo, y reveló un remoto curso de agua que serpenteaba por el fondo y se perdía en ambas direcciones, casi lamiendo mis pies donde me había detenido. Al otro lado de la sima, el agua bañaba la base del ciclópeo monolito, en cuya superficie alcancé a distinguir inscripciones y toscos relieves. La escritura pertenecía a un sistema de jeroglíficos desconocido para mí, distinto de los que yo había visto en los libros; en su mayor parte consistía en convencionales símbolos acuáticos tales como peces, anguilas, pulpos, crustáceos, moluscos, ballenas y otros. Varios caracteres representaban obviamente criaturas marinas desconocidas para el mundo moderno, pero cuyos cuerpos en descomposición yo había contemplado en la llanura surgida del mar.

No obstante, lo que más me fascinó fueron los relieves, claramente visibles al otro lado del curso de agua a causa de sus enormes proporciones. Se trataba de una serie de bajorrelieves cuyos temas habrían despertado la envidia de un Doré. Creo que esas figuras pretendían representar hombres... cierta clase de hombres, al menos; si bien aparecían retozando como peces en las aguas de alguna gruta marina, o rindiendo homenaje a algún santuario monolítico que también parecía hallarse debajo del mar. No me atrevo a describir con detalle sus rostros y sus cuerpos, pues su solo recuerdo me produce mareos. Grotescos más allá de lo que podría concebir la imaginación de un Poe o de un Bulwer, en general eran horriblemente antropomorfos, a pesar de sus manos y pies palmeados, sus labios increíblemente anchos y flácidos, sus ojos vidriosos y saltones, y otros rasgos menos agradables de recordar. Curiosamente, parecían cincelados sin respetar la proporción debida con los escenarios que poblaban, pues uno de los seres estaba representado en el momento de matar una ballena de un tamaño solo ligeramente mayor que él. Me llamaron la atención, como digo, sus formas grotescas y sus insólitas dimensiones; pero entonces decidí que no serían más que dioses imaginarios de alguna tribu de pescadores o de navegantes; de alguna tribu cuyos últimos descendientes debieron perecer antes de que naciese el primer antepasado del hombre de Piltdown o de Neanderthal. Aterrado por ese inesperado atisbo de un pasado que sobrepasaba la concepción del más osado antropólogo, me paré a meditar mientras contemplaba los misteriosos reflejos de la luna que rielaba en el canal que discurría ante mí.

Entonces, de repente, lo vi. Solo precedido por una ligera agitación que delataba su subida a la superficie, el ser emergió para mostrarse sobre las aguas oscuras. Inmenso, como una especie de Polifemo, y repugnante, saltó hacia el monolito como un fabuloso monstruo extraído de una pesadilla y lo rodeó con sus gigantescos brazos escamosos al mismo tiempo que agachaba la cabeza y profería unos sonidos acompasados. Creo que entonces enloquecí.

Apenas si guardo recuerdos de mi frenética subida por la ladera y el precipicio, ni de mi delirante viaje de vuelta al bote varado. Creo que canté mucho, y que reí de una manera harto extraña cuando no podía cantar. Recuerdo vagamente una gran tormenta que estalló poco después de mi regreso al bote; en todo caso, sé que oí truenos y demás sonidos que la Naturaleza solo emite cuando está colérica.

Cuando salí de las sombras me encontraba en un hospital de San Francisco; me había llevado allí el capitán del barco estadounidense que había rescatado mi bote en mitad del océano. En mis delirios había hablado de muchas cosas, pero descubrí que nadie había prestado demasiada atención a mis palabras. La gente que me había encontrado no sabía nada sobre el levantamiento de tierras en el Pacífico, y yo no juzgué necesario insistir en un asunto que sabía que no iban a creer. Transcurrido un tiempo visité a un famoso etnólogo y le divertí haciéndole extrañas preguntas sobre la antigua leyenda filistea de Dagón, el dios-pez; pero enseguida me di cuenta de que era un hombre irremediablemente convencional y decidí no seguir con mis preguntas.

Es al llegar la noche, sobre todo cuando la luna se vuelve gibosa y menguante, cuando veo a esa criatura. He probado con la morfina; pero la droga solo me proporciona una cesación transitoria, y ahora me tiene atrapado en sus garras, convertido en su desesperado esclavo. Así que voy a poner fin a todo esto, ahora que he escrito el relato completo de lo ocurrido para información o diversión desdeñosa de mis semejantes. A menudo me pregunto si no pudo ser todo pura ilusión, un delirio de la fiebre causada por la insolación que sufrí en el bote, donde no había una sombra en la que cobijarme, cuando escapé del buque de guerra alemán. Pero siempre que me lo pregunto, en respuesta aparece ante mí una visión terriblemente vívida. No puedo pensar en las profundidades marinas sin estremecerme ante las indescriptibles criaturas que en este mismo momento podrían estar arrastrándose y revolcándose en su lecho fangoso, adorando a sus antiguos ídolos de piedra y esculpiendo sus propias imágenes detestables en obeliscos submarinos de granito mojado. Sueño con el día en que surgirán de las olas y con sus garras hediondas arrastrarán a la profundidad del mar los restos de esta humanidad endeble, exhausta por la guerra... con el día en que la tierra se hundirá y emergerá el tenebroso fondo del océano en medio del pandemonio universal.

Se acerca el fin. Oigo ruido en la puerta, como si un cuerpo inmenso y resbaladizo se apoyara en ella. No me encontrará. ¡Dios mío, esa mano! ¡La ventana! ¡La ventana!

La ciudad sin nombre

Nada más acercarme a la ciudad sin nombre, supe que estaba maldita. Andaba de viaje por un valle reseco y espantoso, bajo la luna, y la vi a lo lejos. Sobresalía misteriosamente de las arenas, igual que los miembros de un cadáver podrían sobresalir de una tumba mal construida. El miedo hablaba desde las piedras erosionadas de aquella antiquísima superviviente del diluvio, aquella bisabuela de la más antigua de las pirámides, y un aura invisible me rechazaba y me ordenaba que me apartara de los secretos antiguos y siniestros que ningún hombre debía ver, y que ningún otro hombre había osado ver.

En un lugar remoto del desierto de Arabia se encuentra la ciudad sin nombre, ruinosa y privada de voz. Sus bajas murallas han quedado casi enterradas bajo las arenas de edades sin cuento. Ya debía de estar así antes de que se pusieran las primeras piedras de Memphis, cuando los ladrillos de Babilonia aún estaban por cocer. No existe una leyenda lo bastante antigua como para darle un nombre, ni que recuerde que en otro tiempo vivió. Pero se habla de ella, siempre en susurros, en torno a las hogueras de acampada, y las abuelas murmuran sobre ella en las tiendas de los jeques, de modo que todas las tribus la evitan sin saber bien por qué. Este es el lugar que se apareció en sueños a Abdul Alhazred, el poeta loco, la noche antes de que cantase el pareado que aún no conoce interpretación:

No puedes dar por muerto lo que por siempre
[permanece
y tras extraños eones hasta la muerte perece.

Debería haber sabido que los árabes tendrían buenas razones para evitar la ciudad sin nombre, la ciudad de la que se hablaba en extraños relatos, pero que ningún hombre de los que aún viven había visto jamás. Y sin embargo, los desafié y me adentré con mi camello por el desierto que nadie cruzaba. Solo yo la he visto, y por eso en ningún otro rostro se ha marcado la expresión del miedo como en el mío, por eso ningún otro hombre padece tan horrible temblor cuando el viento hace que retiemblen las ventanas. En el momento en que la hallé, en el espeluznante sosiego de su sueño sin fin, me miró, helada bajo la fría luz de la luna en medio del calor del desierto. Y entonces le devolví la mirada y olvidé el triunfo que había alcanzado al hallarla, y me detuve con mi camello para aguardar el alba.

Aguardé durante horas, hasta que el oriente se tiñó de gris y las estrellas se desvanecieron, y el gris se volvió luz rosácea ribeteada de oro. Oí un murmullo y vi una tempestad de arena que empezaba entre las antiguas piedras, aunque el cielo estuviera despejado y en las grandes extensiones del desierto reinara la quietud. Entonces, de súbito, se asomó por el lejano horizonte el contorno llameante del sol, que divisé a través de la minúscula tormenta de arena que ya amainaba, y en mi estado febril me figuré que en alguna remota hondura se oía una estruendosa música de metales que saludaba al disco de fuego, igual que Memnón lo saluda desde las riberas del Nilo. Al tiempo que me resonaban los oídos y bullía mi imaginación, guie a mi camello por las arenas, con pasos lentos, hasta aquellas construcciones de piedra sin voz, aquellas construcciones que no había visto ningún hombre que aún viviera, aparte de mí.

Deambulé por entre los cimientos indistintos de casas y palacios, entrando y saliendo, sin encontrar un relieve ni una inscripción que me dijeran algo sobre los hombres —si es que se trataba de hombres— que habían edificado la ciudad y habían vivido en ella tanto tiempo atrás. La antigüedad del lugar era opresiva y me dominaba el anhelo por hallar un signo, o un artilugio, que me demostrara que aquella ciudad era de verdad obra humana. Las ruinas poseían ciertas *proporciones* y *dimensiones* que no me gustaban. Había traído conmigo gran número de herramientas y cavé con ahínco entre los muros de los edificios derruidos, pero mi trabajo era lento y no descubrí nada que tuviera ningún significado. Al regresar la noche y la luna, sentí un viento gélido que de nuevo me inspiró miedo, y por ello no quise quedarme en la ciudad. En cuanto abandoné el recinto encerrado entre las antiguas murallas para echarme a dormir, empezó a mis espaldas una pequeña tormenta de arena que sopló como un suspiro sobre las viejas piedras grises, aunque la luna brillara y en el resto del desierto reinara la calma.

Desperté a la hora del alba tras padecer sueños horribles. En mis oídos resonaba una especie de fragor metálico. Contemplé el fulgor rojizo del sol, que se asomaba por entre las últimas rachas de una pequeña tormenta de arena que se cernía sobre la ciudad sin nombre y hacía aún más perceptible la calma que reinaba en el resto del paisaje. Una vez más, me aventuré a entrar en las siniestras ruinas que abultaban bajo las arenas como un ogro bajo una colcha, y una vez más, cavé en vano en busca de reliquias de la raza olvidada. Descansé al mediodía, y por la tarde empleé mucho tiempo en estudiar el trazado de las paredes y de las calles del pasado, y los contornos de los edificios ya casi desaparecidos. Vi que la ciudad había sido formidable y me pregunté por el origen de su grandeza. Imaginé todos los esplendores de una edad tan lejana que Caldea no habría podido ya recordarla, y pensé en Sarnath la Condenada, que se había erguido en la tierra de Mnar cuando la humanidad aún era joven, y en Ib, esculpida en grisácea piedra antes de que la propia humanidad existiera.

De pronto llegué a un lugar donde el lecho de roca emergía de las arenas en toda su desnudez y se erguía en un pequeño barranco, y vi con regocijo algo que parecía prometer nuevos vestigios del pueblo antediluviano. Talladas toscamente en la pared del barranco había lo que, sin lugar a dudas, eran las fachadas de varios templos o casas pequeñas y achaparradas excavadas en la roca. Tal vez en sus interiores se hubieran preservado secretos de edades tan remotas que no admitían cálculo, aunque las tormentas de arena hubiesen borrado los relieves que pudieran haber existido en el exterior.

Todas las oscuras entradas que quedaban cerca de mí eran muy bajas y la arena las había cegado, pero vacié una con la pala y me metí por ella. Entré con una antorcha en la mano para que alumbrara todos los misterios que se ocultaran en aquel lugar. En cuanto estuve dentro vi que, en efecto, aquella caverna había sido un templo, y encontré sencillos indicios de la raza que había vivido y practicado su religión antes de que el desierto fuera desierto. No faltaban primitivos altares, columnas y nichos, todos ellos curiosamente bajos, y aunque no vi esculturas ni frescos, sí había muchas piedras singulares, que visiblemente habían sido transformadas en símbolos por medios artificiales. Resultaba extraño que el techo de la cámara excavada se hallara a tan poca altura, porque a duras penas logré arrodillarme con el tronco erguido, pero al mismo tiempo la estancia era tan ancha que mi antorcha no alcanzaba a iluminarla entera. Sentí un extraño estremecimiento en algunos de los rincones que se hallaban más adentro, porque ciertos altares y piedras evocaban ritos olvidados, de naturaleza terrible, repugnante e inexplicable, y hacían que me preguntara por la especie de hombres que habría construido y frecuentado un templo semejante. En cuanto hube visto todo lo que había allí, salí de nuevo arrastrándome por el suelo, ávido por descubrir qué podían revelarme los demás templos.

La noche se me echaba encima, pero los objetos tangibles que había visto hicieron que la curiosidad cobrara más fuerza que el miedo, por lo que no hui de las largas sombras de la luna que me habían amedrentado la primera vez que vi la ciudad sin nombre. A la luz del crepúsculo, despejé otra abertura y entré arrastrándome con una nueva antorcha, y encontré más piedras y símbolos de naturaleza incierta, pero nada más definido que lo que había hallado en el otro templo. La estancia era de techo igualmente bajo, pero de anchura mucho menor, y terminaba en un pasaje muy estrecho en el que se sucedían oscuras y enigmáticas hornacinas. Y eran las hornacinas lo que estaba examinando cuando el ruido del viento y de mi camello, que esperaba afuera, quebraron el silencio y me hicieron salir a ver qué era lo que podía haber asustado al animal.

La luna brillaba con luz viva sobre las ruinas primordiales y alumbraba una densa nube de arena que parecía arrastrada por un viento fuerte, pero ya menguante, que soplaba desde el barranco. Entendí que había sido aquel viento gélido y arenoso lo que había molestado al camello, y estaba a punto de llevarlo a un sitio donde quedara mejor resguardado cuando levanté los ojos y vi que en lo alto del barranco no soplaba ningún viento. Aquello me dejó estupefacto y volvió a inspirarme miedo, pero al instante recordé los repentinos vientos localizados en un solo lugar que había visto y oído a la hora del amanecer y a la del ocaso, y pensé que debía de tratarse de un fenómeno habitual. Llegué a la conclusión de que debían de provenir de una fisura en la roca que conducía a una cueva, y observé los remolinos de arena para buscar su origen. Enseguida me di cuenta de que el viento salía de la tenebrosa entrada de un templo, a una larga distancia en dirección al sur, tan lejos que casi no alcanzaba a verlo. Anduve con dificultad hacia allí, contra la asfixiante nube de arena. Al acercarme, me di cuenta de que aquel templo era más grande que los demás, y de que la arena apelmazada no cegaba su puerta en la misma medida. Habría entrado, de no ser porque la tremenda fuerza del gélido viento estuvo a punto de apagarme la antorcha. Brotaba con furor por aquella puerta oscura y suspiraba misteriosamente al revolver la arena y soplar por las extrañas ruinas. No tardó en perder fuerza y la arena se aquietó más y más, hasta que por fin volvió a quedarse inmóvil. Pero parecía que una presencia acechara entre las espectrales piedras de la ciudad, y cuando miré a la luna me pareció que temblaba, como si la viera reflejada en aguas inquietas. Sentí un miedo tan grande que no lo podría explicar, pero no bastó para acallar mi sed de portentos. Así, cuando el viento hubo desaparecido del todo, entré en la cámara oscura de donde este había salido.

Aquel templo, tal como había imaginado al verlo por fuera, era más grande que los dos que había visitado antes, y seguramente se trataba de una caverna natural, puesto que lo atravesaban vientos desde algún lugar que se encontraba más allá. Allí sí podía ponerme en pie, pero vi que las piedras y altares eran tan bajos como los de los otros templos. Contemplé por primera vez, en las paredes y en el techo, algunos restos del arte pictórico de la antigua raza, curiosos trazos ondulados de pintura que casi se habían borrado o desconchado, y en dos de los altares, con emoción creciente, vi un laberinto de relieves curvilíneos de buena factura. Al levantar la antorcha, me pareció que la forma del techo era demasiado regular como para ser natural, y me pregunté cómo habrían trabajado los talladores de piedra prehistóricos. Su destreza técnica había debido de ser inmensa.

Entonces, una llamarada más viva de la caprichosa antorcha me enseñó lo que había andado buscando, la entrada a aquellos abismos remotos desde los que había soplado el súbito viento, y sentí desmayo al descubrir que se trataba de una puerta pequeña e indudablemente *artificial*, excavada en la roca maciza. Metí la antorcha y contemplé una oscura galería de techo bajo y abovedado, por la que descendía una tosca escalera de peldaños diminutos, numerosos y muy empinados. Toda mi vida voy a ver en mis sueños aquellos peldaños, porque más adelante descubrí lo que significaban. En aquel momento ni siquiera tuve claro si había que llamarlos peldaños, o simples asideros para un difícil descenso. Mi cabeza daba vueltas con pensamientos enloquecidos y me pareció como si las palabras y advertencias de los profetas árabes flotaran por el desierto desde las tierras conocidas por los hombres hasta la ciudad sin nombre que los hombres no se atreven a conocer. Pero, a pesar de todo, solo vacilé un momento antes de cruzar el umbral y empezar a descender por el empinado pasaje, con los pies por delante, como por una escalerilla.

Solo en las terribles visiones provocadas por las drogas, o por el delirio, puede haber ocurrido que un hombre efectúe un descenso como el mío. El estrecho pasaje bajaba sin terminar jamás, como un horrible pozo embrujado, y la antorcha que sostenía muy por encima de mi cabeza no alcanzaba a iluminar las ignotas profundidades hacia las que me estaba arrastrando. Perdí toda noción de las horas y me olvidé de consultar el reloj, aunque me asustara al pensar en la distancia que debía de estar recorriendo. La dirección y el ángulo de la galería variaban, y en un momento dado llegué a un trecho largo, de techo muy bajo y suelo horizontal, por donde tuve que deslizarme con los pies por delante sobre el suelo rocoso, manteniendo la antorcha en alto sobre la cabeza. En aquel lugar no tenía espacio ni siquiera para ponerme de rodillas. Después volví a encontrar peldaños empinados, y aún estaba descendiendo con gran dificultad, sin ver el final, cuando la antorcha acabó por apagarse. Pienso que en ese momento ni siquiera me enteré, porque cuando por fin me di cuenta aún la sostenía en alto, como si hubiera estado encendida. Me había desquiciado mi instintiva atracción por lo extraño y lo desconocido, la misma que me ha empujado a vagar por la tierra y buscar lugares lejanos, antiguos y prohibidos.

En la oscuridad, acudieron a mi mente fragmentos de mi preciado tesoro de sabiduría demoníaca:

sentencias de Alhazred, el árabe loco, párrafos de las apócrifas pesadillas de Damascio y versos infames del delirante *Image du monde*, de Gautier de Metz. Repetí extravagantes fragmentos y hablé en murmullos de Afrasiab y de los demonios que bajaron por el Oxus flotando junto a él. Luego recité una y otra vez una frase tomada de uno de los relatos de Lord Dunsany: «La negrura sin ecos del abismo». En un momento en que el descenso se volvió extraordinariamente pronunciado, canturreé algo de Tomás Moro, hasta que me dio miedo seguir recitando:

un embalse de tiniebla, negro
cual calderos de hechiceras, al llenarse
de drogas lunares en eclipse destiladas,
al inclinarme a ver si el pie podía descender
por aquella sima vi, abajo,
todo lo lejos que los ojos podían alcanzar
los negros costados lisos cual cristal
como recién barnizados
con esa pez oscura que el Sitial de la Muerte
arroja sobre sus cenagosas riberas.

Cuando el tiempo hubo dejado de existir por completo, mis pies pisaron de nuevo suelo llano, y me encontré en un lugar de techo algo más alto que el de las estancias de los dos templos más pequeños, que se hallaban ya a una distancia incalculable en lo alto. No podía ponerme en pie, pero sí de rodillas, con el tronco erguido, y me arrastré y gateé en la oscuridad, de un lado para otro, al azar. No tardé en darme cuenta de que me hallaba en un estrecho pasadizo en cuyas paredes se alineaban vitrinas de madera con cristales en la parte de delante. Al darme cuenta de que estaba tocando cosas tales como madera pulida y vidrio en aquel lugar paleozoico y abismal, me estremecí al pensar en las posibles implicaciones. Parecía que las vitrinas estuvieran colocadas a intervalos regulares en ambas paredes del pasadizo y tuvieran forma oblonga y alargada, espantosamente parecidas a ataúdes por su forma y su tamaño. Traté de mover una o dos para examinarlas mejor y descubrí que estaban firmemente sujetas en su lugar.

Vi que el pasadizo era largo, así que me eché a correr torpemente, en una carrera con el cuerpo agazapado que habría horrorizado a cualquiera que hubiese podido verme en la negrura. De vez en cuando me movía de un lado a otro para tantear el entorno y comprobar que las paredes y la hilera de vitrinas no terminaran. El hombre está tan acostumbrado a pensar a partir de imágenes que casi olvidé la oscuridad y me imaginé el inacabable corredor de madera y cristal con toda la monotonía de su techo cercano al suelo, como si hubiera podido verlo. Y entonces, en un instante de emoción indescriptible, lo vi.

No sabría decir en qué momento mi fantasía se transformó en verdadera visión, pero algo más adelante se me apareció poco a poco un fulgor, y de pronto me di cuenta de que estaba viendo los borrosos contornos del pasadizo y de las vitrinas, a la luz de una desconocida fosforescencia subterránea. Por poco tiempo, todo fue exactamente como me lo había imaginado, porque el resplandor aún era muy tenue. Pero a medida que avanzaba con pasos torpes, mecánicamente, hacia la luz cada vez más intensa, me di cuenta de lo imperfecta que había sido mi fantasía. Aquel pasadizo no era una tosca reliquia como los templos de la ciudad, sino un monumento hecho con un arte de gran magnificencia y exotismo. Dibujos e imágenes exuberantes, vivos, fruto de la fantasía más atrevida, componían una pintura mural continuada cuyas líneas y colores escapaban a toda descripción. Las vitrinas eran de una extraña madera dorada y un vidrio exquisito cubría su parte frontal, y contenían los cuerpos momificados de criaturas cuyas formas grotescas sobrepasaban los sueños más caóticos del hombre.

Sería imposible comunicar una idea de cómo eran aquellas monstruosidades. Respondían al tipo de los reptiles, con formas que en ocasiones recordaban al cocodrilo, en ocasiones a la foca, pero en la mayoría de los casos no se parecían a nada de lo que el naturalista o el paleontólogo hayan oído hablar. Su tamaño se aproximaba al de un hombre pequeño y sus patas delanteras terminaban en apéndices delicados, cuya flexibilidad era evidente, y que tenían un curioso parecido con las manos y dedos humanos. Pero lo más extraño de todo eran las cabezas, cuyo contorno violaba todos los principios biológicos conocidos. Aquellas criaturas no habrían podido parangonarse con nada... en un instante se me ocurrieron términos de comparación tan variados como el gato, la rana toro, el mítico sátiro y el ser humano. Ni el propio Júpiter habría poseído una frente tan colosal y protuberante, y con todo, los cuernos de aquellas criaturas, la falta de nariz y la mandíbula de caimán los situaban fuera de todas las categorías establecidas. Durante un rato me pregunté si aquellas momias serían de verdad, porque llegué a sospechar que eran ídolos artificiales. Pero no tardé en llegar a la conclusión de que se trataba, en efecto, de alguna especie paleógena que había vivido cuando la ciudad sin nombre también vivía. Para coronar su grotesca apariencia, la mayoría de ellas estaban envueltas en el fasto de las telas más preciosas y adornadas con espléndidos ornamentos de oro, joyas, y metales relucientes y desconocidos.

La importancia de aquellas bestias reptantes había debido de ser inmensa, porque ocupaban un lugar prominente entre los extravagantes frescos de las paredes y el techo. El artista, con destreza incomparable, las había representado en un mundo propio, en el que tenían ciudades y jardines a la medida de sus propias dimensiones, y me asaltó el pensamiento de que su historia narrada en imágenes era alegórica y que tal vez describía el progreso de la raza que había venerado a aquellos seres. Las criaturas —me dije a mí mismo— habían sido para los hombres de la ciudad sin nombre lo mismo que la loba para Roma, o una bestia totémica para una tribu de indios.

A partir de esa idea, me pareció que podía trazar a grandes rasgos una maravillosa epopeya para la ciudad sin nombre, la historia de una poderosa metrópolis a orillas del mar quc había gobernado el mundo antes de que África emergiera de las olas, y las tribulaciones que padeció cuando la mar empezó a alejarse y el desierto penetró en lo que había sido un valle fértil. Vi sus guerras y triunfos, sus apuros y derrotas, y después de todo ello, su terrible lucha contra el desierto, que había llevado a millares de sus habitantes —representados a modo de alegoría por los grotescos reptiles— a excavar un camino a través de las rocas, por algún portentoso procedimiento, hacia otro mundo del que les habían hablado sus profetas. Todo ello resultaba extraño y realista en su misma vivacidad, y su relación con el imponente descenso que había emprendido era innegable. Incluso reconocí los pasadizos.

Mientras gateaba por el corredor hacia la luz cada vez más brillante, contemplé diferentes fases de aquella epopeya pintada: cómo la raza que había morado en la ciudad sin nombre y en el valle durante diez millones de años se marchaba, la raza cuyas almas se encogían por tener que abandonar paisajes que sus cuerpos habían conocido durante tanto tiempo, donde se habían asentado en la juventud de la tierra cuando aún eran nómadas, en cuyas rocas vírgenes habían excavado aquellas antiquísimas hornacinas en las que jamás habían dejado de rendir culto. Como la luz era ya más intensa, examiné las pinturas con mayor atención y, recordando que los extraños reptiles debían de representar hombres ignotos, medité sobre las costumbres de la ciudad sin nombre. Muchas cosas eran peculiares e inexplicables. Al parecer, su civilización, que conocía un alfabeto escrito, se había elevado a mayor altura que otras que florecieron después de un periodo de tiempo inconmensurable, como Egipto o Caldea.

Pero también tropecé con curiosas omisiones. Así, por ejemplo, no hallé pinturas que representaran la muerte, ni hábitos fúnebres, salvo en lo que tuvieran que ver con guerras, violencia y plagas, y me pregunté por la reticencia que habrían sentido ante la representación de la muerte natural. Parecía que hubieran acariciado un ideal de inmortalidad en la tierra a modo de ilusión esperanzadora.

Aún más cerca del final del pasadizo, hallé escenas pintadas que llevaban lo pintoresco y extravagante hasta su extremo. Imágenes bien distintas de la ciudad sin nombre, abandonada y hundiéndose en la ruina, y del extraño y paradisíaco reino al que había llegado aquella raza al abrirse camino por la piedra. En las imágenes, la ciudad y el valle desértico aparecían siempre representados a la luz de la luna. Un aura dorada se cernía sobre sus murallas caídas y revelaba tan solo a medias la espléndida perfección de tiempos pretéritos, que el artista mostraba a través de una representación espectral y elusiva. Las escenas paradisíacas eran casi demasiado extravagantes como para poder creerse. Pintaban un mundo escondido en el que el día era eterno, y que estaba lleno de ciudades gloriosas, y cerros y valles etéreos. Al fin, me pareció ver trazas de degradación artística. Las pinturas se volvían menos hábiles y mucho más estrafalarias que cualquiera de las escenas anteriores. Parecía que describieran una lenta decadencia de la antigua estirpe, aparejada con una ferocidad creciente contra el mundo exterior de donde el desierto la había expulsado. Los cuerpos de sus habitantes —representados siempre como reptiles sagrados— parecían marchitarse poco a poco, si bien sus espíritus, que aparecían cerniéndose sobre las ruinas a la luz de la luna, cobraban mayores proporciones. Sacerdotes demacrados, a los que se representaba como reptiles ataviados con túnicas ornamentadas, maldecían el aire que estaba en lo alto y a todos los que lo respiraban, y una última escena mostraba a un hombre de aspecto primitivo, tal vez un pionero de la antigua Irem, la Ciudad de los Pilares, despedazado por miembros de la raza antigua. Recordé que los árabes temían la ciudad sin nombre y me alegré de que, aparte de aquel lugar, las paredes y los techos grises no estuvieran cubiertos de pinturas.

Mientras contemplaba aquella exhibición de historia mural, había llegado casi al término de aquel pasadizo de techo bajo y había visto una puerta grande por donde entraba la fosforescencia que lo alumbraba. Me arrastré hasta allí y grité con trascendente asombro ante lo que se encontraba a continuación, pues en lugar de otras cámaras mejor iluminadas tan solo había un vacío del que no se veían límites, lleno de resplandor uniforme, lo que podríamos imaginarnos que se vería si desde el pico del monte Everest contempláramos un mar de brumas iluminadas por el sol. A mis espaldas había un pasadizo tan pequeño que ni siquiera podía ponerme en pie. Frente a mí, una infinitud de subterráneo resplandor.

Una escalera empinada descendía del pasadizo al abismo, una escalera de peldaños diminutos y numerosos, como los de los tenebrosos pasajes que había recorrido... pero tan solo un poco más allá, los vapores refulgentes impedían toda visión. Había una puerta enorme de bronce, extraordinariamente gruesa y decorada con extravagantes bajorrelieves, abierta contra la pared izquierda del pasadizo. Si se cerraba, impediría el acceso a aquel mundo interior de luz desde las criptas y pasajes excavados en la roca. Contemplé los peldaños y por el momento no me atreví a poner el pie encima. Toqué la puerta de bronce abierta y no pude moverla. Entonces me tendí boca abajo sobre el suelo de piedra. Mi mente ardía con prodigiosas reflexiones que ni siquiera una fatiga cercana a la muerte lograba acallar.

Mientras estaba echado con los ojos cerrados, sin más ocupación que mis propios pensamientos, muchas de las cosas a las que apenas había prestado atención mientras contemplaba los frescos volvieron a mi memoria con un nuevo y terrible significado... escenas que representaban la ciudad sin nombre en sus días de gloria, la vegetación del valle que la rodeaba y las tierras lejanas con las que comerciaban sus mercaderes. La alegoría de las criaturas reptantes me desconcertaba por su presencia universal y me maravillé de que se siguiera de manera tan estricta en una historia en imágenes de tanta importancia. En los frescos, la ciudad sin nombre aparecía pintada en proporciones adecuadas a los reptiles. Me pregunté cuáles habrían sido las verdaderas proporciones y magnificencia de la urbe, y por un momento reflexioné sobre las rarezas que había visto en las ruinas. Sentí curiosidad por los techos bajos de los templos primordiales y del corredor subterráneo, que sin duda habían excavado de aquel modo para mostrar deferencia a las deidades reptiles que veneraban, aunque por fuerza los devotos se hubieran visto obligados a arrastrarse por el suelo. Tal vez los propios ritos les exigieran reptar en imitación de las criaturas. Sin embargo, no había teoría religiosa que explicara con facilidad por qué los trechos llanos que se encontraban durante el tremendo descenso tenían que ser de techo tan bajo como los templos... o todavía más, puesto que ni siquiera permitían arrodillarse. Al pensar en las criaturas reptantes, cuyos espantosos cuerpos momificados estaban tan cerca de mí, sentí una nueva punzada de temor. Las asociaciones mentales funcionan de manera curiosa y me encogí ante la misma idea de que, aparte del pobre hombre primitivo despedazado en la última pintura, la mía era la única figura humana entre todas aquellas reliquias y símbolos de vida primordial.

Pero como ha ocurrido siempre en mi vida extraña y vagabunda, la fascinación no tardó en desplazar al miedo, porque el luminoso abismo y lo que pudiera contener planteaban un problema digno del más grande de los exploradores. No me cabía ninguna duda de que al final de aquella escalera, cuyos peldaños se caracterizaban por una pequeñez tan peculiar, habría un extraño mundo de misterio, y albergaba la esperanza de encontrar allí los testimonios de humanidad que no había hallado en las pinturas del corredor. Los frescos describían inimaginables ciudades y valles en aquel reino subterráneo, y mi fantasía se recreaba en las extraordinarias y colosales ruinas que me aguardaban.

Mis miedos, de hecho, se dirigían al pasado más que al futuro. Ni siquiera el horror físico de mi situación en aquel angosto corredor, en compañía de reptiles muertos y frescos antediluvianos, a kilómetros por debajo del mundo que conocía, y enfrentado a otro mundo de luz misteriosa y brumas, podía compararse con el mortífero temor que sentía ante la abismal antigüedad de aquel lugar y de su alma. Una antigüedad tan inmensa que difícilmente habría podido medirse parecía mirar con avidez desde las piedras primordiales y templos excavados en la roca de la ciudad sin nombre. El más reciente de los asombrosos mapas que se hallaban en los frescos representaba océanos y continentes que el hombre ha olvidado. Solo aquí y allá se reconocía un contorno vagamente familiar. Nadie habría sido capaz de explicar qué había ocurrido a lo largo de las eras geológicas, desde que terminaban las pinturas y la raza que odiaba la muerte se hundía, resentida, en la decadencia. En otro tiempo aquellas cavernas y el reino luminoso que empezaba más allá habían estado llenos de vida, y yo me encontraba solo entre vívidas reliquias, y temblaba al pensar en las incontables edades en las que aquellas mismas reliquias se habían hallado en silenciosa y solitaria vela.

De pronto volvió a asaltarme aquel miedo agudo que se había adueñado de mí, intermitentemente, desde la primera vez que había contemplado el terrible valle y la ciudad sin nombre bajo la frialdad de la luna, y a pesar de la fatiga, me incorporé, frenético, hasta sentarme en el suelo, y miré por el tenebroso pasadizo hacia las galerías que subían al mundo exterior. Mis sensaciones eran muy parecidas a las que me habían hecho evitar la ciudad sin nombre durante la noche, y me resultaban tan inexplicables como intensas. Sin embargo, al cabo de un momento sufrí una conmoción aún más fuerte al oír un sonido definido, el primero que quebraba el absoluto silencio de aquellas profundidades sepulcrales. Era un gemido profundo y débil, como de una lejana multitud de espíritus condenados, y provenía de la dirección en la que estaba mirando. No tardó en crecer en volumen, hasta que al cabo de poco resonó espantosamente por el corredor de techo bajo, y al mismo tiempo cobré consciencia de un soplo de aire frío cada vez más fuerte, que provenía también de las galerías y de la ciudad que estaba en lo alto. Fue como si el contacto con aquel aire restableciera mi equilibrio, porque al instante recordé las súbitas rachas que habían soplado en torno a la boca del abismo durante los amaneceres y ocasos, y que una de ellas me había revelado las galerías ocultas. Miré el reloj y vi que faltaba poco para la salida del sol, y me preparé para resistir el vendaval que descendería de nuevo hacia su hogar en la caverna, igual que lo había abandonado al anochecer. Una vez más, mi miedo perdió fuerza, porque los fenómenos naturales tienden a disipar las cavilaciones sobre lo desconocido.

El viento nocturno entró chillando y gimoteando con violencia cada vez mayor en aquel abismo subterráneo. Me eché de nuevo al suelo y traté de asirme, por temor de verme arrastrado hasta la puerta abierta y precipitarme en el abismo fosforescente. No había previsto semejante furia, y cuando me di cuenta de que, en efecto, mi cuerpo se deslizaba hacia el abismo, me asaltaron mil nuevos terrores nacidos de mi aprensión y mi imaginación. El carácter maligno de aquella ráfaga de aire suscitó en mí increíbles fantasías. Una vez más me comparé, entre estremecimientos, con la única imagen humana que había visto en el espantoso pasadizo, con el hombre que la raza sin nombre hacía pedazos, pues parecía que en las diabólicas garras de las corrientes arremolinadas residiera una rabia vengadora, que cobraba aún más fuerza a causa de su propia impotencia. Creo que chillé como un poseso casi al final —me faltó poco para enloquecer—, pero si fue así, mis gritos se perdieron en la infernal confusión de los espectros aulladores del viento. Traté de arrastrarme en dirección contraria a la de aquel torrente invisible y asesino, pero ni siquiera pude mantenerme en el mismo lugar, porque el aire me empujaba, lenta e inexorablemente, hacia el mundo desconocido. Por fin, la razón debió de fallarme del todo, porque empecé a balbucir una y otra vez el incomprensible pareado del árabe loco, Alhazred, que soñó en la ciudad sin nombre:

No puedes dar por muerto lo que por siempre
[permanece
y tras extraños eones hasta la muerte perece.

Solo los lúgubres y siniestros dioses del desierto saben qué ocurrió en la realidad, qué indescriptibles luchas y adversidades tuve que sufrir en la negrura, y qué Abadón me guio de nuevo a la vida, donde por siempre tendré que recordar y temblar en el viento de la noche hasta que el olvido —o algo peor— se adueñe de mí. Aquello fue monstruoso, antinatural, colosal... tan alejado de todo lo que pueda imaginar el hombre, que nadie podría creerlo, salvo en las odiosas horas de madrugada en las que no logramos dormir.

He dicho que la furia de aquel viento desbocado era infernal, cacodemoníaca, y que la crueldad encerrada en eternidades desoladoras hacía que sus voces fueran repulsivas. Entonces le pareció a mi cerebro palpitante que aquellas mismas voces, aunque su caos aún se hiciera oír frente a mí, cobraban a mi espalda la forma del habla articulada, y que allá abajo, en el sepulcro de antigüedades que habían perecido incontables eones atrás, varias leguas por debajo del mundo de los hombres alumbrado por el alba, oía las espeluznantes maldiciones y gruñidos de unos diablos de extraña lengua. Me volví y vi, recortado contra el éter luminoso del abismo, lo que la negrura del corredor me había ocultado, una horda de diablos que avanzaban a toda velocidad como salidos de una pesadilla, desfigurados por el odio, con grotesca panoplia, semitransparentes, diablos de una raza que todo hombre habría reconocido: los reptiles que se habían arrastrado por la ciudad sin nombre.

Y cuando el viento murió, me hundí en la negrura de las entrañas de la tierra, donde habitan los espíritus malignos, porque detrás de la última de las criaturas se cerró con sonoro estrépito la gran puerta de bronce y se oyó el ensordecedor estruendo de la música de metales, cuyas reverberaciones ascendieron hasta el lejano mundo para saludar al sol naciente, como Memnón lo saluda desde las riberas del Nilo.

El sabueso

I

En mis atormentados oídos suena sin descanso una pesadilla de chirridos y aleteos, y el aullido débil y distante de un sabueso gigantesco. No es un sueño, y me temo que ni siquiera se debe a la locura, pues mucho ha ocurrido ya que me ha despejado esas piadosas dudas. St. John no es más que un cuerpo mutilado; solo yo sé por qué, y tal es mi conocimiento que estoy a punto de saltarme la tapa de los sesos por miedo a terminar como él. La némesis negra e informe que me ha llevado a mi propia destrucción recorre los pasillos oscuros e ilimitados de una fantasía sobrenatural.

¡Que los cielos nos perdonen por la insensatez y la perversión que nos han conducido a un destino tan monstruoso! Hastiados por las costumbres del mundo prosaico, donde incluso las alegrías del amor y la aventura tardan poco en marchitarse, St. John y yo seguimos con entusiasmo todo movimiento estético e intelectual que nos prometiese un respiro del tedio que nos devastaba. Nos entregamos a los enigmas de los simbolistas y el éxtasis de los prerrafaelitas, pero todo sentimiento nuevo dejaba pronto de entretenernos, perdida ya la novedad y el encanto. Solo la lúgubre filosofía de los decadentistas consiguió retenernos, a pesar de que solo resultó eficaz mediante actos cada vez más intensos y diabólicos. No tardamos en perder el interés por Baudelaire y Huysmans, y finalmente solo nos quedaron los estímulos más directos de experiencias y aventuras personales fuera de lo común. Fue esta aterradora necesidad emocional lo que, con el tiempo, nos llevó a tomar un rumbo abominable que, aun dominado por este miedo, menciono con vergüenza y timidez. El espantoso extremo de las atrocidades humanas: la práctica execrable de la profanación de tumbas.

No puedo desvelar los detalles de nuestras turbadoras expediciones, ni catalogar siquiera sumariamente los peores trofeos que adornaban el museo sin nombre que habíamos preparado en la majestuosa casa de piedra que compartíamos, solos y sin sirviente alguno. Nuestro museo era un lugar blasfemo e inefable, donde gracias a las inclinaciones satánicas propias de dos virtuosos neuróticos habíamos reunido un universo de terror y decadencia que estimulara nuestras hastiadas sensibilidades. Se trataba de una estancia secreta a una gran profundidad, donde enormes demonios alados tallados en basalto y ónice vomitaban unas inquietantes luces verdes y naranjas por sus anchas bocas sonrientes, y unos tubos neumáticos ocultos convertían en una danza de la muerte caleidoscópica las líneas rojas de los seres de ultratumba que, cogidos de la mano, ocupaban unos voluminosos tapices negros. Esos tubos también emitían a placer los olores que más ansiábamos: algunas veces, un aroma a pálidos lirios fúnebres; otras, el incienso narcótico de imaginados altares orientales de reyes muertos; y en ocasiones —¡ay, cómo me estremezco al recordarlo!—, un hedor repulsivo e infando a tumba abierta.

En los muros de aquella inmunda cámara descansaban sarcófagos de momias antiquísimas acompañadas de cuerpos hermosos y vivaces perfectamente embalsamados por las expertas manos de un taxidermista, así como algunas lápidas robadas de los cementerios más viejos del mundo. Los nichos repartidos por el lugar contenían calaveras de distintos tamaños, y cabezas conservadas en varias fases de disolución. Allí podían encontrarse las coronillas calvas de reconocidos nobles, ya en proceso de putrefacción, así como las radiantes cabezas tiernas de criaturas recién enterradas. También colgaban un puñado de cuadros, todos de temáticas perversas, algunos ejecutados por St. John y un servidor. En una carpeta encuadernada con piel humana curtida, guardábamos ciertos esbozos inéditos e innombrables que, según algunos rumores, Goya se había negado a reconocer después de haberlos perpetrado. Había instrumentos musicales nauseabundos, de cuerda, metal y viento hechos de madera, con los cuales St. John y yo producíamos de cuando en cuando disonancias de una exquisitez enfermiza y un horror diabólico; mientras que en una multitud de armarios de ébano taraceado reposaba la variedad de botines sepulcrales más increíble e inimaginable que han reunido jamás la locura y perversidad humanas. De ese botín en concreto no hablaré jamás; gracias a Dios tuve el coraje necesario para destruirlo antes de pensar siquiera en destruirme a mí mismo primero.

Las excursiones rapaces en que coleccionábamos nuestros inefables tesoros eran siempre acontecimientos memorables desde un punto de vista artístico. No éramos unos vulgares monstruos, sino que solo trabajábamos bajo determinadas circunstancias de estado de ánimo, paisaje, entorno, condiciones meteorológicas, temporada y fases lunares. Estos pasatiempos eran para nosotros la forma más exquisita de la expresión estética, y dedicábamos a cada detalle un esmero técnico rayano en lo maniático. Una hora inadecuada, un efecto lumínico discordante o una manipulación torpe del césped húmedo podían llegar a arruinarnos por completo esa emoción eufórica que se sucedía a la exhumación de un secreto de la tierra siniestro y risueño. Nuestra búsqueda de escenas nuevas y condiciones excelsas era febril e insaciable. St. John siempre fue el líder, y él mismo me guio a la postre hacia aquel lugar ridículo y maldito que nos ha acarreado este sino horrendo e ineludible.

¿Qué maligna fatalidad nos atrajo hacia aquel terrible cementerio holandés? Creo que fueron los oscuros rumores y leyendas, las historias de aquel que llevaba cinco siglos enterrado y que también había sido un engendro en vida y había robado algo muy valioso de un lujoso sepulcro. Recuerdo ese lugar en mis últimos momentos: la luna pálida de otoño sobre las tumbas que proyectaban unas sombras largas y terribles; los árboles grotescos que languidecían sobre el césped descuidado y los adoquines rotos; las vastas legiones de murciélagos descomunales recortados contra el astro; la vetusta iglesia cubierta de hiedra que apuntaba al cielo lívido con un dedo espectral; los insectos fosforescentes que danzaban como fuegos fatuos bajo los chopos de un rincón lejano; el hedor a moho, vegetación y cosas menos evidentes que se entremezclaban débilmente con la brisa nocturna de pantanos y mares remotos; y, lo peor de todo, el aullido grave y tenue de un sabueso gigantesco que no veíamos ni mucho menos ubicábamos. Nos estremecimos al oír aquel supuesto ladrido, rememorando las historias de los campesinos; pues aquel al que buscábamos había sido hallado siglos atrás en este mismo lugar, destripado y destrozado por las garras y colmillos de una bestia indescriptible.

Nos recuerdo ahondando en la tumba de aquel malnacido con nuestras palas, la emoción que nos embargó al vernos allí, la tumba, la pálida luna que nos observaba, las espantosas sombras, los árboles grotescos, los murciélagos titánicos, la vetusta iglesia, los fuegos fatuos danzantes, los olores nauseabundos, la apacible brisa nocturna y aquellos extraños aullidos, apenas audibles e ilocalizables, cuya existencia objetiva apenas podíamos corroborar. Poco después golpeamos una sustancia más dura que el moho húmedo y contemplamos una caja rectangular podrida con incrustaciones minerales que los muchos años de suelo inalterado habían producido. Tenía una dureza y grosor inauditos, pero era tan antigua que finalmente conseguimos abrirla y nos deleitamos con lo que contenía.

¡Cuál fue nuestra sorpresa al descubrir que el cuerpo, tras más de cinco siglos, seguía prácticamente intacto! El esqueleto, aunque aplastado en los lugares donde las fauces de la criatura lo habían atacado, conservaba una firmeza insólita, y celebramos la blancura de la calavera, sus dientes largos y duros y las cuencas vacías que antaño brillaron con una fiebre tan malévola como la nuestra. En el ataúd había también un amuleto de una factura curiosa y exótica, que, según parecía, había llevado el durmiente al cuello. Mostraba la figura extrañamente convencional de un perro con alas agazapado, o bien de una esfinge con un rostro semicanino, y estaba tallado con exquisitez a la manera oriental a partir de un pequeño fragmento de jade verde. La expresión de sus rasgos era en extremo repelente, una mezcla de muerte, bestialidad y malevolencia. En la base se distinguía una inscripción cuyos caracteres ni St. John ni yo pudimos identificar; y en la parte inferior, como si del sello del fabricante se tratara, habían grabado un cráneo grotesco y formidable.

Al posar la mirada sobre aquel amuleto, supimos de inmediato que debía ser nuestro; que aquel hallazgo era nuestro botín lógico de la tumba centenaria. Lo habríamos deseado incluso si no hubiésemos sido capaces de reconocer sus relieves, pero al examinarlo de cerca caímos en la cuenta de que no nos eran del todo desconocidos. Era sin duda ajeno a todo el arte y la literatura que leen las mentes cuerdas y equilibradas, pero nosotros reconocimos en él algo que se menciona de pasada en el libro prohibido del *Necronomicón*, escrito por Abdul Alhazred, el árabe loco: el espantoso símbolo espiritual de la secta necrófaga de la inaccesible Leng, en Asia central. Apenas nos costó reseguir los lineamentos descritos por el antiguo demonólogo árabe; unos lineamentos que, según escribió, estaban inspirados por la tenebrosa manifestación preternatural de las almas de aquellos que atormentaban y mordisqueaban a los muertos.

Tras recoger el objeto de jade verde, echamos un último vistazo a las cuencas vacías del rostro blanqueado de su propietario y dejamos la tumba tal como la habíamos encontrado. Mientras nos apresurábamos a alejarnos de aquel terrible lugar, con el amuleto robado en el bolsillo de St. John, nos pareció ver a los murciélagos descender en una sola columna hacia la tierra que acabábamos de perturbar, como si buscaran alguna suerte de sustento maldito y profano. Pero la luz de la luna de otoño era débil y no las teníamos todas con nosotros. Además, al día siguiente, durante la travesía de vuelta desde Holanda hacia nuestro hogar, creímos oír de fondo el aullido distante de un sabueso gigantesco. Sin embargo, el viento de otoño gemía con tristeza y no podíamos estar seguros.

II

No había pasado una semana desde nuestro regreso a Inglaterra cuando comenzaron a ocurrir fenómenos extraños. Vivíamos como anacoretas: sin amistades ni sirvientes, solos en el puñado de habitaciones de una mansión vetusta que se alzaba en un desolado y remoto páramo que raramente recibía visitas. Sin embargo, desde ese momento nos importunaban por la noche lo que parecían ser manoseos frecuentes, y no solo en las puertas, sino también en las ventanas tanto del piso superior como inferior. En cierto momento, distinguimos una silueta grande y opaca que se recortaba contra la luna frente al ventanal de la biblioteca, y otra vez creímos oír un chirrido o un aleteo a no demasiada distancia. En todas las ocasiones, nuestras pesquisas no dieron ningún resultado, y comenzamos a achacar aquellos fenómenos a la imaginación, esa misma imaginación curiosamente alterada que seguía reproduciendo en nuestros oídos el lejano aullido que creímos oír en el cementerio holandés. El amuleto de jade reposaba ya en un nicho de nuestro museo, y a veces encendíamos velas de aromas extraños frente a él. Mucho leímos en el *Necronomicón* de Alhazred sobre sus propiedades y la relación de las almas de los engendros con los objetos que simbolizaba, y nos inquietó lo que hallamos. Luego comenzaron los horrores.

Durante la noche del 24 de septiembre de 19..., oí un golpe en la puerta de mi alcoba. Creyendo que se trataba de St. John, lo invité a entrar, pero recibí una risotada estridente por toda respuesta. No había nadie en el pasillo. Cuando desperté a St. John de su sueño, me comunicó que no tenía constancia de aquel suceso, y empezó a preocuparle tanto como a mí. Fue esa noche cuando el aullido distante del páramo se convirtió para nosotros en una realidad certera y pavorosa. Cuatro días más tarde, estando los dos en nuestro museo oculto, percibimos unos arañazos sutiles y meditados en la única puerta que daba a la escalera de la biblioteca secreta. Nuestra alarma fue entonces doble, pues además del miedo a lo desconocido, siempre habíamos albergado el temor de que alguien pudiera descubrir nuestra macabra colección. Tras apagar todas las luces, nos acercamos a la puerta y esta se abrió de repente. En ese instante, sentimos una ráfaga de aire incomprensible y oímos alejarse una extraña combinación de pasos, risitas y una nítida voz. No tratamos de determinar si habíamos perdido la cabeza, si soñábamos o si estábamos en nuestros cabales. Solos comprendimos, con la más profunda de las aprensiones, que aquella voz aparentemente incorpórea hablaba, sin ápice de duda, en holandés.

Después de aquello, vivimos con un horror y una fascinación crecientes. Por lo general nos aferrábamos a la teoría de que los dos estábamos perdiendo el juicio tras una vida de emociones contra natura, pero a veces nos complacía más considerarnos las víctimas de alguna suerte de maldición artera y espantosa. Las manifestaciones inexplicables se sucedían con tanta frecuencia que habíamos perdido la cuenta. Nuestra casa solitaria parecía estar ahora habitada por la presencia de un ser maligno cuya naturaleza no éramos capaces de aventurar, y no había noche en que aquel aullido diabólico no recorriera el páramo azotado por el viento, cobrando cada vez más fuerza. El 29 de octubre encontramos una serie de pisadas imposibles de describir en la tierra bajo la ventana de la biblioteca; eran tan desconcertantes como las bandadas de grandes murciélagos que atormentaban la vieja mansión en unas cifras sin precedentes que no hacían más que aumentar.

El horror llegó a su cénit el 18 de noviembre, cuando a St. John, que volvía a casa caída ya la noche desde la lejana estación de ferrocarril, lo asaltó una temible criatura carnívora que lo hizo trizas. Sus gritos llegaron hasta la mansión, y yo eché a correr hacia aquella terrible escena a tiempo de oír un aleteo y distinguir una silueta negra y difuminada recortada contra la luna que se alzaba. Mi amigo agonizaba cuando le hablé, y no pudo responder con coherencia. Lo único que consiguió susurrar fue:

—El amuleto..., ese amuleto del demonio...

Acto seguido, se desplomó en una masa inerte de carne desgarrada.

Lo enterré a la medianoche siguiente en uno de nuestros jardines abandonados, y murmuré sobre su cuerpo uno de los rituales demoníacos que tanto le habían gustado en vida. Y mientras pronunciaba la última frase diabólica, oí en la lejanía del páramo el aullido débil de un sabueso gigantesco. La luna estaba alta, pero no me atrevía a mirarla, y cuando divisé en la penumbra del páramo una sombra ancha y nebulosa que se arrastraba entre montículos, cerré los ojos y me tumbé en el suelo. Cuando me desperté entre temblores, no sé cuánto tiempo más tarde, regresé a la casa renqueando y le ofrecí unas afectadas reverencias al amuleto de jade verde expuesto.

Desde ese momento, temía vivir solo en la antigua casa del páramo, de modo que al día siguiente partí hacia Londres con el amuleto, tras haber quemado y enterrado el resto de la impía colección del museo. No obstante, tres noches después volví a oír los aullidos, y no había pasado una semana cuando comencé a sentir unos extraños ojos clavados en mí siempre que se hacía oscuro. Una noche, mientras paseaba por el Victoria Embankment en busca del aire fresco que tanto precisaba, distinguí cómo una silueta negra oscurecía el reflejo de una farola en el agua. Noté pasar a mi lado un viento más fuerte que la brisa nocturna, y supe que lo que le había sucedido a St. John pronto me sobrevendría a mí también.

Al día siguiente, envolví cuidadosamente el amuleto de jade verde y zarpé hacia Holanda. Ignoraba si podría obtener algo de misericordia devolviendo el objeto a su propietario mudo y durmiente, pero sentía que al menos debía intentar cualquier solución que entrara dentro de la lógica. Aún se me escapaba qué podía ser aquel sabueso y por qué me perseguía, pero fue en aquel cementerio donde oí por primera vez el aullido, y todos los acontecimientos posteriores, incluido el último susurro agónico de St. John, me habían servido para relacionar la maldición con el robo del amuleto. Por eso me hundí en los abismos más profundos de la desesperación cuando, en una posada de Rotterdam, descubrí que unos ladrones me habían desprovisto de mi única salvación.

El aullido cobró fuerza esa noche, y por la mañana leí una noticia sobre un acto anónimo en el distrito más deleznable de la ciudad. El populacho estaba aterrorizado, pues en un edificio perverso se habían producido unas muertes sangrientas que nada tenían que ver con los crímenes más desalmados que habían tenido lugar allí en otras ocasiones. En la humilde guarida de unos ladrones, una familia entera había acabado hecha trizas por una criatura desconocida que no había dejado rastro alguno, y sus vecinos afirmaban haber oído, sumado al clamor habitual de los borrachos, las notas tenues, graves e insistentes de un sabueso gigantesco.

Y así fue como terminé de nuevo en aquel vil cementerio, donde una pálida luna de invierno proyectaba unas sombras abominables y los árboles pelados languidecían sobre los adoquines rotos y el césped marchito y escarchado, y la iglesia invadida por la hiedra señalaba con escarnio a un cielo implacable, y el viento de la noche ululaba maníacamente desde los pantanos helados y los mares frígidos. El aullido era muy débil ya, y cesó por completo cuando me aproximé a la vetusta tumba que una vez profané, y espanté a la bandada anormalmente numerosa de murciélagos que la sobrevolaba con curiosidad.

No sé por qué acudí allí, salvo para rezar o balbucir súplicas y disculpas propias de un loco a aquel ser blanco y mudo que yacía dentro; pero, fueran cuales fuesen mis razones, ataqué el césped medio helado con una desesperación en parte mía y en parte proveniente de una voluntad exterior que me dominaba. La excavación fue mucho menos laboriosa de lo que esperaba, aunque en un momento dado me topé con una interrupción inusual: un cóndor magro cayó en picado desde el frío cielo y comenzó a picotear frenéticamente la tierra de la tumba hasta que lo maté de un golpe de pala. Al fin conseguí alcanzar la caja rectangular podrida y levanté la tapa enmohecida y nitrosa. Ese fue el último acto racional que llevé a cabo.

Pues agachado en aquel ataúd centenario, envuelto por una densa y angustiante comitiva de murciélagos dormidos, grandes y nervudos, se encontraba el cuerpo huesudo al que mi amigo y yo habíamos robado; pero no limpio y plácido como lo habíamos encontrado entonces, sino cubierto de sangre coagulada y tiras de carne y pelo ajenos, y me observaba a través de unas cuencas fosforescentes y me mostraba unos colmillos sanguinolentos en una mueca burlona de mi inevitable fin. Y cuando por aquellas fauces sonrientes emitió un aullido grave y sardónico como el de un sabueso gigantesco y vi que entre sus garras mugrientas y ensangrentadas sostenía el amuleto de jade verde perdido, me limité a gritar y hui de allí corriendo como un majadero, hasta que mis gritos se convirtieron poco después en accesos de risa histérica.

La locura cabalga a lomos del viento estelar..., garras y colmillos afilados sobre siglos de cadáveres..., repartiendo muerte junto a una bacanal de murciélagos provenientes de las ruinas negras como la noche de los templos soterrados de Belial... Ahora, a medida que los aullidos de esa monstruosidad muerta y descarnada cobran intensidad y los sigilosos chirridos y aleteos de esa maldita maraña de alas se aproximan, buscaré en mi revólver el olvido que ya es mi único refugio contra lo innombrado y lo innombrable.

Las ratas de las paredes

El 16 de julio de 1923 me mudé al Priorato de Exham, después de que el último de los obreros hubiera terminado su labor. La restauración había supuesto un trabajo extraordinario, porque quedaba bien poco del abandonado edificio, salvo una ruina que no era más que una cáscara vacía. Pero como aquello había sido el solar de mis antepasados, no reparé en gastos. El lugar había estado deshabitado desde los tiempos del rey Jacobo I, en los que una tragedia de naturaleza horrorosa en extremo, pero de la que apenas se sabía nada, había puesto fin a la vida del dueño, cinco de sus hijos y varios sirvientes, y había expulsado de allí, envuelto en sospecha y terror, al tercer hijo, mi antepasado directo y único superviviente de la aborrecida familia. Al sufrir denuncia por asesinato el único heredero, la propiedad había pasado a manos de la corona, y el acusado no había intentado de ningún modo demostrar su inocencia ni recobrar su propiedad. Apabullado por un horror más grande que el de la conciencia y la ley, y expresando tan solo un frenético deseo por apartar el antiguo edificio de su vista y su memoria, Walter de la Poer, undécimo barón de Exham, huyó a Virginia y una vez allí fundó la familia que en el siglo siguiente sería conocida como Delapore.

El Priorato de Exham quedó deshabitado, aunque en tiempos posteriores se incorporara a las propiedades de la familia Norrys, y fuera muy estudiado a causa de la peculiar composición de su arquitectura, en la que torres góticas se sostenían sobre una base sajona o románica, cuyos cimientos, a su vez, pertenecían a un orden aún más antiguo, o eran una mezcla de órdenes: romano, e incluso druídico, o nativo címrico, si es que las leyendas cuentan la verdad. Los cimientos eran muy singulares. Por uno de los costados se fundían con la sólida piedra caliza del precipicio desde donde el priorato se cernía sobre un valle desolado, casi cinco kilómetros al oeste del pueblo de Anchester. Los arquitectos y especialistas en la Antigüedad estaban encantados con examinar aquella extraña reliquia de siglos olvidados, pero las gentes del campo la odiaban. La habían odiado desde cientos de años atrás, en los tiempos en que mis antepasados vivían allí, y seguían odiándola después de que el abandono la cubriera de musgo y moho. Aún no había terminado mi primer día en Anchester cuando supe que mi familia provenía de una casa maldita. Y esta semana los obreros han volado el Priorato de Exham y están atareados en hacer desaparecer toda traza de sus cimientos.

Yo siempre había conocido todos los datos básicos sobre mis antepasados, así como el hecho de que mi primer ancestro americano había llegado a las colonias acompañado por turbias murmuraciones. Los detalles, sin embargo, me resultaban totalmente desconocidos, a causa de la política de discreción que siempre habían seguido los Delapore. A diferencia de los propietarios de las haciendas vecinas, raramente alardeábamos de descender de cruzados, ni de otros héroes medievales o renacentistas, y tampoco habíamos preservado tradiciones de ningún tipo, salvo lo que quizá se hallara en el sobre sellado que antes de la Guerra de Secesión todos los cabezas de la familia entregaban al hijo mayor para que lo abriera después de su muerte. Las glorias que acariciábamos eran las que habíamos alcanzado después de la emigración, las glorias de una familia virginiana orgullosa y honorable, aunque algo reservada y nada proclive a socializar.

En el curso de la guerra se extinguió nuestra fortuna, y toda nuestra existencia cambió cuando incendiaron Carfax, nuestro hogar a orillas del James. Mi abuelo, de edad provecta, pereció en aquella atrocidad, y con él, el sobre que nos ligaba a todos nosotros con el pasado. Hoy día recuerdo aquel fuego igual que lo vi entonces, a la edad de siete años. Los soldados federales pegaban gritos, las mujeres chillaban y los negros aullaban y rezaban. Mi padre estaba en el ejército, defendiendo Richmond, y después de muchas formalidades mi madre y yo pudimos atravesar las líneas del frente para ir con él. Al terminar la guerra, todos nosotros nos marchamos al norte, de donde provenía mi madre, y crecí hasta hacerme hombre, de mediana edad, e indudablemente rico, con tenacidad más propia de un yanqui. Ni mi padre ni yo mismo llegamos a saber lo que contenía el sobre que se había transmitido como herencia, y mientras me integraba en el deprimente mundo de los negocios de Massachusetts perdí todo interés por los misterios que, sin lugar a dudas, acechaban muy atrás en mi árbol familiar. ¡Si hubiera sospechado cuál era su naturaleza, con qué alegría habría abandonado el Priorato de Exham a su musgo, sus murciélagos y telarañas!

Mi padre murió en 1904, pero no tenía ningún mensaje que pudiera dejarnos ni a mí ni a mi único hijo, Alfred, un niño de diez años que había perdido a su madre. Fue aquel muchacho quien invirtió el orden en el que se transmitía la información familiar. Mientras que yo solo podía ofrecerle graciosas conjeturas sobre el pasado, él me escribió sobre ciertas leyendas ancestrales muy interesantes cuando la pasada guerra lo llevó a Inglaterra en 1917 como oficial de aviación. Al parecer, los Delapore tenían una historia accidentada y tal vez siniestra, porque un amigo de mi hijo, Edward Norrys, capitán del Royal Flying Corps, vivía cerca del solar familiar, que se hallaba en Anchester, y le había contado algunas supersticiones de las gentes del campo tan descabelladas e increíbles que pocos novelistas habrían podido inventar algo parecido. El propio Norrys no se las tomaba en serio, por supuesto. Pero divirtieron a mi hijo y le dieron buen material para las cartas que me escribía. Fueron aquellas leyendas lo que, definitivamente, volvió mi atención hacia mis raíces británicas, y me convenció de adquirir y restaurar la casa solariega de mi familia, que Norrys mostró a Alfred en su pintoresco abandono y le ofreció a cambio de una suma de dinero sorprendentemente razonable, puesto que su propio tío era el propietario actual.

Adquirí el Priorato de Exham en 1918, pero el regreso de mi hijo, mutilado e inválido, me distrajo de inmediato de mis planes de restaurarlo. Durante los dos años en los que aún vivió, tan solo pensé en cuidarlo, y llegué al extremo de confiar la dirección de mi negocio a mis socios. En 1921 me vi afligido por su muerte y sin dirección en la vida. Ya no era más que un fabricante retirado que había dejado atrás la juventud, y me resolví a pasar los años que me quedaran en mi nueva propiedad. Visité Anchester en diciembre y me acogió el capitán Norrys, un joven rechoncho y amistoso que había tenido a mi hijo en alta estima, y obtuve su ayuda para la tarea de recopilar planos y anécdotas que nos guiaran en la restauración. El Priorato de Exham, como tal, no me provocaba ninguna emoción. Era un batiburrillo de ruinas medievales desmoronadas, cubiertas de líquenes y llenas de nidos de grajo, que se cernían peligrosamente al borde de un precipicio, y carecían de suelos y de todo rasgo distintivo en el interior, salvo las paredes de piedra de cada una de las torres.

Poco a poco me hice una idea de la estructura que había poseído el edificio cuando mis antepasados lo habían abandonado tres siglos antes y empecé a contratar obreros para la reconstrucción. A todos ellos tuve que buscarlos más allá de la localidad vecina, porque las gentes de Anchester sentían un miedo y un odio casi inimaginables ante aquel lugar. El sentimiento era tan intenso que en ocasiones lo transmitían a los trabajadores foráneos, lo que provocaba numerosas deserciones. Parecía que se refiriera tanto al priorato como a la antigua familia que lo había habitado.

Mi hijo me contó que las gentes del pueblo lo habían evitado durante sus visitas, por tratarse de un De la Poer, y yo también sufrí un sutil ostracismo por razones similares, hasta que hice ver a los aldeanos cuán poco sabía de mi propia herencia. Y aun entonces me contemplaban con hosca antipatía, por lo que tuve que descubrir la mayoría de las tradiciones del pueblo a través de Norrys. Lo que las gentes no me perdonaban, quizás, era que hubiese ido allí a restaurar un símbolo que aborrecían tanto, pues, racionalmente o no, veían el Priorato de Exham como nada menos que un cubil de diablos y hombres lobo.

Al juntar los relatos que Norrys había recopilado para mí y complementarlos con las explicaciones de varios expertos que habían estudiado las ruinas, deduje que el Priorato de Exham se hallaba sobre la ubicación de un templo prehistórico, una construcción druídica, o predruídica, que debió de ser contemporánea de Stonehenge. Eran pocos quienes dudaban de que allí se habían realizado ritos indescriptibles, y existían desagradables historias de la transposición de aquellos mismos ritos al culto de Cibeles que habían introducido los romanos. En las inscripciones aún visibles del subsótano había letras inconfundibles como «DIV... OPS... MAGNA. MAT...», en referencia a la Magna Mater cuyo siniestro culto se había prohibido en vano a los ciudadanos romanos. Anchester, de acuerdo con el testimonio de numerosas ruinas, había sido el campamento de la tercera legión augustea, y se decía que el templo de Cibeles era espléndido y se llenaba de devotos que ejecutaban innominables ceremonias bajo la dirección de un sacerdote frigio. Las historias también contaban que la abolición de la religión antigua no había puesto fin a las orgías que se practicaban en el templo, sino que los sacerdotes habían continuado con su vida bajo la nueva fe sin que se produjeran verdaderos cambios. Del mismo modo, se explicaba que los ritos tampoco habían desaparecido con la caída del poder romano, y que ciertos sajones habían ampliado lo que quedaba del templo y le habían dado la configuración esencial que preservó en tiempos posteriores, con lo que se había erigido en centro de una secta que había inspirado miedo en la mitad de la Heptarquía. Hacia el año 1.000 d. C. aparece una mención del lugar en una crónica que lo describe como un importante priorato de piedra en el que se aloja una extraña y poderosa orden monástica, rodeado de extensos jardines que no necesitaban muros para impedir el paso a las atemorizadas gentes. Jamás sufrió destrucción a manos de los daneses, si bien debió de padecer un tremendo declive tras la conquista normanda, puesto que nada impidió que Enrique III entregara aquel lugar a mi antepasado, Gilbert de la Poer, primer barón de Exham, en 1261.

Antes de esa fecha no se cuenta nada malo de mi

familia, pero algo extraño debió de ocurrir entonces. En una crónica se halla una referencia a un De la Poer como «maldito por Dios en 1307», y todo lo que cuentan las leyendas del pueblo sobre el castillo que se erguía sobre los fundamentos del antiguo templo y priorato está impregnado de maldad y terror. Los relatos que se contaban al calor del hogar eran de lo más espeluznante, aún más espeluznantes por el atemorizado recelo y la sospechosa vaguedad con que se narraban. Pintaban a mis antepasados como una raza de demonios a cuyo lado Gilles de Retz y el Marqués de Sade habrían sido meros aprendices, e insinuaban con voz queda que habían sido responsables de desapariciones ocasionales de gentes del pueblo a lo largo de varias generaciones.

Al parecer, los peores de todos habían sido los barones y sus herederos directos. Al menos eran ellos quienes protagonizaban la mayoría de los rumores. Los herederos que gozaban de inclinaciones más sanas —eso se decía— padecían muertes tempranas y misteriosas para dejar su sitio a un vástago más típico. Parecía que practicaban un culto propio, presidido por el cabeza de familia y, en ocasiones, cerrado salvo para unos pocos miembros. De acuerdo con toda evidencia, la base de aquel culto era el temperamento, más que la sangre, porque admitió a varias personas que se unieron a la familia por medio del matrimonio. Lady Margaret Trevor de Cornualles, esposa de Godfrey, segundo hijo del quinto barón, se transformó en uno de los terrores favoritos de los niños de la comarca, y en demoníaca heroína de una antigua balada particularmente horrenda, que en la cercanía de la frontera con Gales aún no se había olvidado. También se ha preservado en una balada —aunque no ilustre la misma cuestión— la horrible historia de Lady Mary de la Poer, quien poco después de su matrimonio con el conde de Shewsfield murió a manos de este y de su suegra. Los dos asesinos hallaron absolución y bendición por parte de un sacerdote a quien confesaron lo que no osaban repetir ante el mundo entero.

Todos estos mitos y baladas, típico fruto de la más tosca superstición, me inspiraban una profunda repugnancia. Su persistencia y su relación con mi antiguo linaje me molestaban en especial. Por otra parte, las acusaciones de practicar hábitos monstruosos albergaban desagradables reminiscencias del único escándalo conocido entre mis antepasados inmediatos: el caso de mi primo, el joven Randolph Delapore de Carfax, que había ido a vivir entre los negros y se había transformado en sacerdote vudú tras regresar de la guerra con México.

Mi turbación era mucho menor ante los vagos rumores sobre lamentos y aullidos que se oían en el valle árido y ventoso que se hallaba al pie del barranco de piedra caliza, sobre los hedores que se sentían en el cementerio tras las lluvias de primavera, sobre la criatura blanca que se había debatido y había chillado cuando el caballo de Sir John Clave la pisoteó una noche en un campo solitario, y sobre el sirviente que había enloquecido al ver lo que vio en el priorato a plena luz del día. Todo aquello eran historias de fantasmas de lo más trillado, y en aquellos tiempos me caracterizaba por mi marcado escepticismo. Los relatos sobre campesinos que desaparecían no se podían rechazar con tanta facilidad, pero tampoco resultaban muy significativos, si pensábamos en las costumbres que imperaron durante la Edad Media. Por aquel entonces la excesiva curiosidad llevaba a la muerte, y más de una cabeza cortada había sido objeto de exhibición pública sobre los bastiones —ya desaparecidos— que protegían el Priorato de Exham.

Unos pocos relatos eran sumamente pintorescos y me inspiraron el deseo de haber aprendido más mitología comparativa en mi juventud. Así, por ejemplo, existía la creencia de que una legión de diablos con alas de murciélago celebraba el Aquelarre todas las noches en el priorato, una legión cuyo sustento tal vez explicara la desproporcionada abundancia de verduras gruesas que crecían en los grandes jardines. Y la más sugestiva de todas aquellas historias era la dramática epopeya de las ratas, del escurridizo ejército de espantosas alimañas que había escapado del castillo tres meses después de la tragedia que lo había dejado desierto, un ejército enflaquecido, mugriento, voraz, que se lo había llevado todo por delante y había engullido aves de corral, gatos, perros, verracos, ovejas e incluso a dos desventurados seres humanos antes de que su furia se agotara. Un ciclo específico de mitos gira en torno al inolvidable ejército roedor, porque se dispersó por las casas de la aldea y acarreó consigo maldiciones y horrores.

Esas fueron las tradiciones de las que me enteré mientras llevaba a buen término, con obstinación de hombre viejo, la labor de restauración de mi hogar ancestral. Que nadie se imagine por un instante que tales historias constituían mi entorno psicológico primario. Durante todo ese mismo tiempo, recibía sin cesar las alabanzas y palabras de ánimo del capitán Norrys y de los expertos en el mundo antiguo que frecuentaban mi compañía y me ayudaban. Cuando la tarea estuvo terminada, más de dos años después de empezar, contemplé las grandes habitaciones, las paredes revestidas con paneles de madera, los techos abovedados, las ventanas con parteluces y las amplias escaleras, con un orgullo que compensaba plenamente los onerosos gastos de restauración. Todos los rasgos característicos de la Edad Media se habían reproducido con destreza y las construcciones nuevas encajaban a la perfección con las paredes y cimientos primitivos. La casa solariega de mis antepasados volvía a estar en pie y pensé que lograría redimir por fin la reputación local de la línea sucesoria que terminaba en mí. Me establecería en ella y probaría que un De la Poer (porque había recuperado la ortografía original de mi nombre) no era por necesidad un diablo. Mi comodidad era quizás aún mayor por el hecho de que, a pesar de la hechura medieval del Priorato de Exham, su interior era nuevo por completo y no se encontraban en él viejas alimañas ni viejos fantasmas.

Como ya he explicado, me mudé a vivir allí el 16 de julio de 1923. Residían conmigo siete sirvientes y nueve gatos. Siento un particular afecto por esta última especie. El gato más viejo, Nigger-Man, tenía siete años y me había acompañado desde mi hogar en Bolton, Massachusetts. Los demás los había ido consiguiendo mientras me alojaba con la familia del capitán Norrys, mientras se restauraba el priorato. Durante cinco días, nuestra vida rutinaria procedió con suma placidez y empleé casi todo mi tiempo en la recopilación de antiguas historias sobre mi familia. Por aquel entonces había encontrado explicaciones muy detalladas sobre la tragedia final y la fuga de Walter de la Poer. Me imaginé que el papel hereditario que se había perdido en el incendio de Carfax debía de contar aquella historia. Al parecer, mi antepasado había sufrido la acusación, sólidamente fundamentada, de haber asesinado a todos los habitantes de la casa mientras dormían, salvo a cuatro sirvientes conjurados con él, unas dos semanas después de un chocante descubrimiento que había alterado por completo su comportamiento, pero que, insinuaciones aparte, no contó a nadie, con la posible excepción de los sirvientes que lo ayudaron y después huyeron donde nadie los pudo encontrar.

Aquella matanza deliberada, en la que perecieron un padre, tres hermanos y dos hermanas, contó en muy buena medida con el consentimiento de las gentes del pueblo, y la ley la trató con tanta laxitud que su autor escapó con honores, sin sufrir ningún daño y sin disfrazar su identidad, hasta llegar a Virginia. La opinión general, según se murmuraba, era que había purgado aquella tierra de una maldición inmemorial. ¿Qué descubrimiento lo llevó a un acto tan horrible? Yo no acertaba ni siquiera a formular una conjetura. Walter de la Poer debía de haber conocido desde hacía años los siniestros relatos que circulaban sobre su familia, por lo que no es creíble que tales historias lo empujaran en aquel momento. Entonces ¿tal vez presenció algún rito antiguo y horrendo, o tropezó con algún símbolo espantoso y delator en el priorato, o en su cercanía? Se decía que en Inglaterra había sido un joven tímido y gentil. En Virginia no se caracterizó por su dureza ni amargura, sino más bien por su agobio y sus aprensiones. En el diario de otro gentilhombre aventurero, Francis Harley de Bellview, se le describe como un hombre sin igual en sentido de la justicia, honor y delicadeza.

El 22 de julio tuvo lugar el primer incidente. Si bien en su momento no le dimos ninguna importancia, cobra significado preternatural en relación con acontecimientos posteriores. Fue algo tan simple que a duras penas hicimos caso, y difícilmente podría haber sido de otro modo en aquellas circunstancias, pues debemos recordar que, al hallarme en un edificio prácticamente nuevo y recién construido —salvo por las paredes—, y en compañía de un personal de servicio juicioso, habría sido absurdo que sintiera aprensiones, a pesar del sitio donde me encontraba. Esto es lo que quedó en mi memoria: que mi viejo gato negro, cuyos estados de humor conocía muy bien, estaba visiblemente alerta, y ansioso, hasta un punto que no se conciliaba con su carácter natural. Vagaba de habitación en habitación, inquieto y nervioso, y husmeaba sin cesar por las paredes que formaban parte de la estructura gótica. Me doy cuenta de que esto suena muy manido —como el inevitable perro del cuento de fantasmas, que siempre gruñe antes de que el dueño vea la figura envuelta en una sábana—, pero no me sería posible eliminarlo de la historia.

Al día siguiente, un criado se quejó de la agitación que padecían todos los gatos de la casa. Vino a verme en mi estudio, una sala de techo alto en el ala oeste del segundo piso, con arcos aristados, revestimiento de madera de roble negro y una triple ventana gótica desde la que se contemplaba el barranco de piedra caliza y el valle desolado, y mientras el sirviente me hablaba vi la figura color azabache de Nigger-Man que caminaba por el lado de la pared occidental y arañaba el revestimiento nuevo que ocultaba la piedra antigua. Le dije a aquel hombre que la vieja cantería debía de desprender un olor o efluvio singular, imperceptible para los sentidos humanos, pero que afectaba los delicados órganos de los gatos aun a través de la madera del revestimiento. Yo lo creía así de verdad, y cuando el hombre sugirió que tal vez hubiera ratones, o ratas, le respondí que allí no había habido ratas durante trescientos años, y que los ratones de los campos circundantes difícilmente podrían encontrarse en aquellas altas paredes, donde no constaba que se hubieran metido nunca. Aquella tarde hablé con el capitán Norrys y este me aseguró que habría sido del todo increíble que los ratones del campo infestaran el priorato de manera tan repentina e inaudita.

Por la noche, prescindiendo como de costumbre de la asistencia de un criado, me retiré a la estancia de la torre occidental que había elegido para mí. Se accedía a ella desde el estudio por una escalera de piedra y un pasillo corto. La primera era antigua en parte, el segundo había sido restaurado en su totalidad. La habitación era circular, de techo muy alto y sin revestimiento en las paredes, adornada con tapicería que yo mismo había escogido en Londres. Después de comprobar que Nigger-Man estaba conmigo, cerré la pesada puerta gótica y me quedé a la luz de lámparas eléctricas que imitaban ingeniosamente la forma de velas de cera, y por fin las apagué también y me acosté en una cama de cuatro postes tallados con dosel. El venerable gato ocupó el lugar acostumbrado, sobre mis pies. Como no eché las cortinas, veía el exterior por la estrecha ventana septentrional que se hallaba frente a mí. Un vislumbre de aurora boreal se asomaba al cielo y embellecía el contorno de las delicadas tracerías de la ventana.

En algún momento debí de quedarme dormido, pues conservo un claro recuerdo de que salí de unos sueños extraños cuando el gato, bruscamente, abandonó su plácida posición. Lo vi al pálido fulgor de la aurora boreal, con la cabeza estirada, las patas delanteras sobre mis tobillos y las traseras tendidas hacia atrás. Tenía los ojos clavados en un punto de la pared que se hallaba algo más al oeste que la ventana, un punto en el que mis ojos no distinguían nada, pero que en aquel instante se volvió el centro de mi atención. Y al mirar, vi que Nigger-Man no se había agitado porque sí. No sabría decir si el tapiz se movió de verdad. Creo que sí, muy levemente. Pero lo que sí puedo jurar es que detrás del tapiz oí un correteo, tenue, nítido, como de ratas o ratones. Al momento, el gato se arrojó contra el tapiz y su peso arrastró hasta el suelo la sección sobre la que había caído, dejando al descubierto una pared de piedra húmeda y antigua, reparada en varios lugares por los restauradores, y desprovista de todo indicio de la presencia de roedores. Nigger-Man corría arriba y abajo a lo largo de aquella pared, clavaba las garras en el tapiz caído y de vez en cuando parecía que tratara de meter una zarpa entre la pared y la madera de roble que recubría el suelo. No encontró nada y al cabo de un rato volvió, fatigado, al sitio que ocupaba sobre mis pies. Yo no me había movido, pero aquella noche no volví a dormir.

Por la mañana interrogué a todos los sirvientes y vi que ninguno de ellos había notado nada fuera de lo común, salvo la cocinera, que recordó el comportamiento de un gato que descansaba en el alféizar de su ventana. Aquel gato había aullado, no se sabía a qué hora de la noche, y había despertado a la cocinera a tiempo para que esta viera que el animal escapaba con paso decidido por la puerta abierta para bajar por las escaleras. Dormité durante el mediodía y por la tarde acudí de nuevo al capitán Norrys, quien demostró sumo interés por lo que le contaba. Los extraños incidentes —tan insignificantes, y al mismo tiempo tan curiosos— apelaban a su sentido de lo pintoresco y despertaban en él varias reminiscencias de las historias de fantasmas del lugar. La presencia de ratas nos causaba genuina perplejidad, y Norrys me prestó algunas trampas y veneno para roedores. Al regresar, ordené a los criados que las distribuyeran por lugares estratégicos.

Me retiré temprano, porque me acuciaba el deseo de dormir, pero entonces me agobiaron unos sueños de la especie más horrible. Me pareció que contemplaba desde una inmensa altura una gruta iluminada por luz crepuscular, con inmundicia que llegaba a las rodillas, mientras un demoníaco porquerizo de barba blanca guiaba con su cayado un rebaño de bestias fofas y fungosas cuya apariencia me llenó de una repugnancia indecible. Entonces, mientras el porquerizo se detenía y dormitaba en medio de su tarea, un formidable enjambre de ratas se precipitaba en el pestilente abismo y devoraba bestias y hombre por igual.

Desperté súbitamente de aquella horrible visión a causa de los movimientos de Nigger-Man, que había estado durmiendo sobre mis pies, como tenía por costumbre. En aquella ocasión no tuve que preguntarle por el motivo de sus gruñidos y siseos, ni por el miedo que le hacía clavar las uñas en mi tobillo sin darse cuenta de su efecto, porque las paredes de la estancia se habían llenado por todos lados con nauseabundos sonidos... el repugnante movimiento de ratas voraces y gigantescas. En aquel momento no brillaba ninguna aurora boreal que me permitiese ver en qué estado se hallaba la tapicería —habíamos reemplazado la sección que se había caído—, pero el miedo no me impidió encender la luz.

En cuanto las bombillas resplandecieron, vi que la tapicería entera se agitaba con un espantoso temblor, que hacía que sus patrones algo peculiares ejecutaran una singular danza de muerte. Aquel movimiento cesó casi en el mismo instante, y lo mismo ocurrió con el sonido. Salté al suelo y tenté la tapicería con el largo mango de un calentador de cama que se hallaba cerca de mí, y levanté una de sus secciones para ver lo que había debajo. No encontré nada, salvo la pared de piedra con sus reparaciones, y hasta el gato había perdido su tensa percepción de presencias anómalas. Inspeccioné la ratonera circular instalada en mi habitación y vi que todas sus trampas habían saltado, pero no hallé rastro alguno de las criaturas que se habían metido dentro y habían vuelto a escapar.

No pensaba acostarme de nuevo, así que encendí una vela, abrí la puerta y salí al pasillo por el que se llegaba a las escaleras que bajaban a mi estudio. Nigger-Man me seguía, pegado a mis talones. Pero antes de que llegáramos a los peldaños de piedra, el gato se echó a correr y desapareció por la antigua escalera. Mientras yo mismo descendía por ella, me di cuenta de los sonidos que se oían en la gran sala de abajo, sonidos de una naturaleza que no dejaba lugar a dudas. Las paredes revestidas de roble estaban llenas de ratas que correteaban y se apiñaban en su interior, mientras Nigger-Man iba de un lado para otro con la rabia de un cazador perplejo. Al llegar al pie de la escalera, encendí la luz, pero en esta ocasión el ruido no cesó. Las ratas seguían armando barullo, en una estampida que había cobrado tanta fuerza y se oía con tanta nitidez que, por fin, pude asignar una dirección definida a sus movimientos. Aquellas criaturas, en número aparentemente inagotable, habían emprendido una extraordinaria migración desde inconcebibles alturas hasta lugares que se hallaban a una concebible, o inconcebible profundidad.

Entonces oí pasos en el corredor, y al cabo de un instante dos criados abrieron la enorme puerta de un empujón. Buscaban por la casa el desconocido origen de una perturbación que había arrastrado a todos los gatos a un pánico furioso y había hecho que bajaran alocadamente por las escaleras y se agazaparan, aullando, frente a la puerta cerrada del subsótano. Les pregunté si ellos habían oído a las ratas, pero su respuesta fue negativa. Y cuando quise llamar su atención sobre los sonidos que se oían bajo la madera, me di cuenta de que habían cesado. Acompañado por los dos hombres, bajé hasta la puerta del subsótano, pero me encontré con que los gatos ya se habían marchado. Resolví explorar más adelante el subterráneo, pero por el momento no hice más que pasar revista a las trampas. Todas habían saltado, pero ninguna de ellas tenía inquilino. Tras constatar que nadie había oído a las ratas, salvo los felinos y yo mismo, me quedé sentado en el estudio hasta que se hizo de día. Pensé con detenimiento y recordé hasta el último retazo de leyenda que había descubierto en relación con el edificio en el que vivía.

Dormí un rato por la mañana, recostado en la única silla confortable de la biblioteca que mi plan de amueblamiento medieval no había logrado eliminar. Luego llamé por teléfono al capitán Norrys, que vino y me ayudó a explorar el subsótano. No hallamos absolutamente nada que se saliera de lo común, si bien no pudimos reprimir nuestra emoción al pensar que aquella estancia subterránea había sido construida por manos romanas. Todos sus arcos bajos y sus gruesas columnas eran romanos... no el románico degradado de los chapuceros sajones, sino el severo y armonioso clasicismo de la edad de los Césares. En efecto, las paredes estaban cubiertas de inscripciones, familiares para los expertos en el mundo antiguo que habían explorado repetidamente el lugar... cosas como «P. GETAE. PROP... TEMP... DONA...» y «L. PRAEC... VS... PONTIFI... ATYS...».

La referencia a Atis[1] me hizo estremecer, porque había leído a Catulo y algo sabía sobre los horrendos ritos de aquel dios oriental, cuyo culto estaba tan mezclado con el de Cibeles. A la luz de las lámparas, Norrys y yo tratamos de interpretar las pinturas extrañas y casi borradas que había sobre unos bloques de piedra en forma de rectángulo irregular que por lo general se consideraba que eran altares, pero no logramos entenderlas. Recordamos que los estudiosos pensaban que una de las figuras, un sol circundado de rayos, apuntaba a un origen no romano, y aventuraban que los sacerdotes romanos no habían hecho más que tomar aquellos altares de un templo más antiguo, quizás aborigen, que se había hallado en el mismo sitio. En uno de los bloques había unas manchas parduzcas que me hicieron pensar. El más grande de ellos, que se encontraba en el centro de la estancia, tenía unos motivos que indicaban que estaba relacionado con el fuego... seguramente las llamas con que se quemaban los sacrificios.

Esto es lo que vimos en el subterráneo frente a

1. «Atys» es la forma latina del nombre, mientras que en castellano se llama «Atis». *(N. del T.)*

cuya puerta habían maullado los gatos, y en el que Norrys y yo mismo decidimos pasar la noche. Los sirvientes, a quienes habíamos ordenado no prestar atención a lo que los gatos hicieran durante la noche, nos bajaron sofás, y permitimos que Nigger-Man se quedara con nosotros tanto por lo que pudiera ayudarnos como también por su compañía. Nos resolvimos a dejar la gran puerta de roble —una imitación moderna con ranuras para la ventilación— firmemente cerrada, y una vez nos hubimos encargado de ello, nos quedamos allí con las lámparas aún encendidas para aguardar lo que ocurriera.

El subterráneo se hallaba a mucha profundidad bajo el priorato y, sin duda, también en un lugar muy hondo tras la pared del escarpado barranco de piedra caliza que se cernía sobre el árido valle. No me cabía ninguna duda de que aquel era el sitio al que trataban de llegar las inexplicables ratas con sus correteos, aunque yo mismo no supiera por qué. Mientras estábamos echados allí, a la espera, me encontré con que mi vigilia se entremezclaba ocasionalmente con sueños a medio formar, de los que me despertaban los inquietos movimientos del gato echado sobre mis pies. No eran sueños saludables, sino horriblemente parecidos al que había tenido la noche anterior. Vi de nuevo la gruta iluminada por luz crepuscular, y el porquerizo, con sus innominables bestias fungosas revolviéndose en la mugre, y cuando los miré me pareció verlos más de cerca, y con figura más nítida, tan nítida que casi podía contemplar sus rasgos. Entonces observé la fofa cara de uno de ellos... y desperté chillando de tal modo que

Nigger-Man se sobresaltó y el capitán Norrys, que no dormía, se rio a pleno pulmón. Norrys se habría reído más —o quizá menos— si hubiera sabido qué era lo que me había hecho chillar. Pero yo mismo no lo recordé hasta más tarde. A menudo, el horror extremo nos paraliza misericordiosamente la memoria.

Norrys me despertó cuando empezaron los fenómenos. Me sacó de aquel mismo sueño terrorífico, porque me sacudió con suavidad y me instó a escuchar a los gatos. En verdad, había mucho que escuchar, pues al otro lado de la puerta cerrada, al pie de la escalera de piedra, había estallado una verdadera pesadilla de voces y arañazos felinos, y Nigger-Man, sin prestar atención a los congéneres que estaban afuera, corría con gran agitación a lo largo de las paredes de piedra, donde se oía el mismo barullo de ratas correteando que me había turbado la noche anterior.

Un agudo terror creció dentro de mí, porque sucedían cosas extrañas que no tenían ninguna explicación normal. Aquellas ratas —si no eran ficciones de una locura que solo yo compartía con los gatos— debían de excavar madrigueras y deslizarse por el interior de las paredes romanas que hasta entonces había creído que estaban construidas con bloques macizos de caliza... aunque también podía ocurrir que la acción del agua, a lo largo de más de diecisiete siglos, hubiera ido abriendo tortuosas galerías que los cuerpos de los roedores habían despejado y ampliado... pero no por eso dejaba de hallarme ante un horror espectral. Pues, si se trataba de alimañas vivas, ¿cómo era que Norrys no oía su repulsivo ajetreo? ¿Por qué me instaba a observar a Nigger-Man y a escuchar a los gatos que estaban afuera, y por qué hacía conjeturas absurdas y vagas sobre el motivo de su nerviosismo?

En cuanto hube logrado explicarle, todo lo racionalmente que pude, qué era lo que creía escuchar, mis oídos me comunicaron una última percepción cada vez más débil de aquel correteo, que se había alejado *aún más abajo*, mucho más abajo que aquel subsótano que ya se hallaba en lo más profundo, hasta que me pareció que todo el interior del barranco estaba infestado de ratas en plena búsqueda. Norrys no reaccionó con el escepticismo que me había imaginado, sino que pareció que sintiera una profunda conmoción. Me indicó con un gesto que el clamor de los gatos que se hallaban al otro lado de la puerta había cesado, como si hubieran dado por perdidas a las ratas, mientras que Nigger-Man padecía una nueva inquietud y arañaba como enloquecido la base del gran altar de piedra que se hallaba en el centro de la estancia, más cercano al sofá de Norrys que al mío.

Llegados a aquel punto, mi miedo a lo desconocido era muy grande. Había tenido lugar un hecho asombroso y vi que el capitán Norrys, un hombre más joven, más robusto, y seguramente de carácter mucho más materialista que el mío, sentía la misma conmoción que yo, quizá por su íntima familiaridad con la leyenda local, que había conocido durante toda su vida. Por el momento, no pudimos hacer nada, salvo observar al viejo gato negro, que daba zarpazos a la base del altar cada vez con menos entusiasmo, y de vez en cuando levantaba los ojos y me maullaba en el mismo tono persuasivo al que recurría cuando deseaba que hiciera algo por él.

Entonces Norrys acercó una lámpara al altar y examinó el sitio donde Nigger-Man había arañado. Se arrodilló en silencio y raspó los líquenes que a lo largo de los siglos habían ido uniendo el enorme bloque de piedra prerromano al suelo teselado. No encontró nada, y estaba a punto de abandonar sus esfuerzos cuando me di cuenta de un detalle trivial que me provocó un escalofrío, aunque no indicara nada más que lo que ya me había imaginado. Se lo dije, y ambos contemplamos su casi imperceptible manifestación con la mirada inmóvil de quien está fascinado por algo que acaba de descubrir y reconocer. Se trataba tan solo de esto: que en la llama de la lámpara que se encontraba al lado del altar se apreciaba un leve, pero indudable parpadeo, provocado por una corriente de aire que hasta poco antes no se había hecho sentir, y que sin duda alguna provenía de la hendedura entre suelo y altar donde Norrys había raspado los líquenes.

Pasamos el resto de la noche en el estudio con las luces encendidas, enfrascados en una nerviosa discusión sobre lo que íbamos a hacer. El descubrimiento de que en el subsuelo de aquel edificio maldito había un subterráneo aún más profundo que la más profunda de las construcciones romanas —un subterráneo que la curiosidad de los expertos en el mundo antiguo no había podido hallar durante tres siglos— habría bastado para despertar nuestras emociones, aunque en todo ello no hubiera habido nada siniestro. En aquellas circunstancias, la fascinación era doble, y dudábamos entre abandonar la búsqueda y marcharnos para siempre del priorato con supersticiosa prudencia, o gratificar nuestro amor por la aventura y enfrentarnos a los horrores que pudieran aguardarnos en las profundidades ignotas. Por la mañana habíamos llegado a una solución intermedia, y así fue como decidimos ir a Londres y reunir un grupo de arqueólogos y científicos dispuestos a hacer frente al misterio. Cabe mencionar que, antes de salir del subsótano, tratamos en vano de mover el altar central que por aquel entonces reconocíamos como la puerta a un nuevo foso de terror sin nombre. Tendrían que ser hombres más sabios que nosotros quienes descubrieran el secreto que la abriera.

Durante los muchos días que pasamos en Londres, el capitán Norrys y yo mismo expusimos hechos, conjeturas y anécdotas legendarias a cinco eminentes autoridades, hombres en quienes se podía confiar que ocultaran todo secreto de familia que pudiera salir a la luz en el curso de las investigaciones. Vimos que la mayoría de ellos no estaban para nada predispuestos a burlarse de nosotros, sino que manifestaban gran interés y comprensión sincera. No merece la pena nombrarlos a todos, pero puedo decir que entre ellos se encontraba Sir William Brinton, cuyas excavaciones en la Tróade suscitaron en su día el entusiasmo del mundo entero. Cuando tomamos el tren para Anchester, sentí que me hallaba a punto de efectuar terribles descubrimientos, una sensación simbolizada por el ambiente luctuoso que reinaba entre un gran número de estadounidenses a raíz de la inesperada muerte de su presidente, acaecida en el otro extremo del mundo.

El día 7 de agosto por la noche llegamos al Priorato de Exham, donde los criados me aseguraron que no había ocurrido nada que se saliera de lo normal. Los gatos, incluido el viejo Nigger-Man, se habían hallado en un estado de absoluta placidez, y no había saltado una sola trampa en toda la casa. La investigación tendría que empezar al día siguiente. Mientras tanto, asigné habitaciones escogidas a todos mis huéspedes. Yo mismo me acosté en mi estancia de la torre y Nigger-Man se echó sobre mis pies. Me dormí enseguida, pero me asaltaron espantosos sueños. Tuve una visión de un banquete romano al estilo de Trimalción, en el que se servía un horror en una bandeja cubierta. Entonces empezó el maldito sueño recurrente del porquerizo y su repugnante rebaño en la gruta iluminada por luz crepuscular. Pero desperté a plena luz del día y los sonidos que se oían en la casa eran los normales. Las ratas, vivas o espectrales, no me habían molestado, y Nigger-Man dormía apaciblemente. Al bajar, vi que la misma tranquilidad reinaba por todas partes. Uno de los sabios allí reunidos —un individuo llamado Thornton, consagrado al estudio de lo psíquico— dio una explicación algo absurda de aquella circunstancia, a saber, que yo ya había visto lo que ciertas fuerzas querían mostrarme.

Todo estaba a punto, y a las once de la mañana el grupo de siete hombres al completo, cargado con potentes reflectores eléctricos e instrumentos de excavación, descendió al subsótano y cerró la puerta después de entrar. Nigger-Man nos acompañaba, porque los investigadores no menospreciaron la excitabilidad del animal, y de hecho tenían muchas ganas de que viniera, por si se producían siniestras manifestaciones de roedores. Observamos las inscripciones romanas y las desconocidas figuras pintadas sobre los altares tan solo unos breves instantes, porque tres de los expertos ya las habían visto y conocían todos sus detalles. Dedicamos nuestra atención sobre todo al imponente altar central, y al cabo de una hora Sir William Brinton había conseguido que se inclinara hacia atrás, merced a una especie desconocida de contrapeso.

Entonces apareció un horror que nos habría abrumado, si no hubiéramos ido ya preparados. A través de una abertura casi cuadrada que había en el suelo embaldosado, sobre un tramo de escalones de piedra desgastados hasta tal punto que su franja central ya era poco más que un plano inclinado, contemplamos una horrenda colección de huesos humanos, o semihumanos. Los esqueletos que se conservaban enteros manifestaban actitudes de miedo y pánico, y en todos ellos se apreciaban marcas de dientes de roedores. Los cráneos denotaban nada menos que absoluta idiocia, cretinismo, o el primitivismo de una criatura medio simiesca. Los escalones cubiertos de tan infernales despojos descendían por un pasaje abovedado, que parecía excavado en roca maciza y dejaba pasar una corriente de aire. Aquella corriente no era el soplo de aire repentino y nocivo que podría surgir de una cripta cerrada, sino una brisa fresca que resultaba incluso agradable. No nos detuvimos mucho tiempo, sino que, con el cuerpo tembloroso, empezamos a despejar los peldaños para bajar por ellos. Fue entonces cuando Sir William, al examinar las paredes, aventuró la extraña observación de que a juzgar por la orientación de las marcas el pasaje debía de haberse excavado desde abajo.

Ahora tendré que medir muy bien lo que digo y elegir mis palabras.

Tras descender con dificultad por unos pocos peldaños entre huesos roídos, vimos que más adelante había luz. No se trataba de una milagrosa fosforescencia, sino de luz del día que se filtraba hasta allí, y que tan solo podía provenir de desconocidas fisuras en el barranco que se cernía sobre el árido valle. Que tales fisuras hubieran escapado a toda observación desde el exterior no tenía nada de extraño, pues aparte de que el valle está deshabitado por completo, el barranco es tan elevado y abrupto que tan solo un aeronauta podría estudiar en detalle su pared. Unos pasos más, y lo que vimos entonces nos arrancó literalmente el aliento. Nos lo arrancó de manera tan literal que Thornton, el investigador de lo psíquico, cayó desmayado en brazos del hombre aturdido que iba detrás. Norrys, cuyo rostro rechoncho había quedado blanco y fofo por completo, no hizo más que soltar un grito inarticulado. Y pienso que lo que yo hice fue dar un respingo, o sisear entre dientes, y cubrirme los ojos. El hombre que venía detrás de mí —el único de la partida que me superaba en edad— farfulló el trillado «¡Dios mío!»

en la voz más quebrada que hubiera oído en mi vida. Entre siete hombres cultivados, Sir William Brinton fue el único que preservó la compostura, actitud aún más digna de encomio porque encabezaba la partida y debió de ser el primero en verlo.

Era una gruta de enorme altura iluminada por luz crepuscular, que se extendía mucho más allá de lo que alcanzaban a ver unos ojos humanos. Un mundo subterráneo poblado por misterios sin límite y horribles premoniciones. Contenía edificios y otros restos arquitectónicos. Con una mirada empavorecida divisé unos túmulos en extraña disposición, un brutal círculo de monolitos, una ruinosa construcción romana rematada por una cúpula baja, una extensa edificación sajona y un temprano edificio inglés de madera... pero todo ello se quedaba pequeño al lado del macabro espectáculo que se contemplaba por la superficie del suelo. Hasta una distancia de muchos metros más allá de la escalera, estaba cubierto por un demencial revoltijo de huesos humanos, o por lo menos tan humanos como los que habíamos visto sobre los peldaños. Se extendían cual mar espumosa, algunos de ellos ya desencajados, mientras que otros conservaban en todo, o en parte, su articulación en esqueletos. Estos últimos, invariablemente, adoptaban posturas de demoníaco frenesí, como si hubieran tratado de defenderse de una amenaza, o se hubieran agarrado a otros cuerpos con intenciones propias de caníbales.

Entonces el Dr. Trask, antropólogo, se agachó para clasificar los cráneos, y halló una mezcolanza degradada que lo desconcertó por completo. En su mayoría se hallaban más abajo que el hombre de Piltdown en la escala de la evolución, pero en cualquier caso estaba claro que eran humanos. Muchos de ellos se encontraban en un estadio evolutivo más elevado, y en unos pocos casos se trataba de cráneos correspondientes a tipos humanos que habían alcanzado un desarrollo eminente y sensible. Todos los huesos estaban roídos, en la mayoría de los casos por ratas, pero también por otros miembros del rebaño semihumano. Mezclados con ellos se encontraban muchos huesos menudos de ratas... miembros caídos del mortífero ejército que ponía fin a la antigua epopeya.

Me maravillo de que cualquiera de los que íbamos en el grupo siguiera con vida y conservara la cordura después del descubrimiento de aquel horroroso día. Ni Hoffmann ni Huysmans habrían podido imaginar una escena más disparatada e increíble, más desquiciada y repugnante, más gótica y grotesca que la gruta iluminada por luz crepuscular por la que los siete anduvimos con pasos tambaleantes. Cada uno de nosotros iba hallando revelación tras revelación, y trataba de no pensar, al menos por el momento, en los acontecimientos que debían de haber transcurrido allí trescientos, o mil, o dos mil, o diez mil años antes. Aquello era la antesala del infierno, y el pobre Thornton sufrió un nuevo desmayo cuando Trask le dijo que algunos de los esqueletos correspondían a criaturas que debían de haber descendido a la condición de cuadrúpedos durante sus últimas veinte generaciones, o más.

En cuanto empezamos a interpretar los restos

arquitectónicos, nuevos horrores se añadieron a los previos. Los cuadrúpedos —con ocasionales adiciones de la clase de los bípedos— habían morado en rediles de piedra, de los que debían de haber escapado en su último delirio ocasionado por el hambre, o por el miedo a las ratas. Formaban grandes rebaños, que de acuerdo con toda evidencia engordaban con las verduras gruesas cuyos restos se hallaban como una especie de fermentación venenosa en el fondo de grandes comederos de piedra más antiguos que la propia Roma. Comprendí por qué mis antepasados habían poseído aquellos jardines tan excesivos... ¡ojalá que el cielo me permitiera olvidar! No tuve que preguntar cuál era el propósito de los rebaños.

Sir William, de pie con el reflector en la mano en medio de las ruinas romanas, tradujo en voz alta el ritual más pasmoso del que haya tenido noticia, y nos explicó la dieta del culto antediluviano que los sacerdotes de Cibeles habían hallado y habían mezclado con el suyo propio. Norrys, que había conocido las trincheras, no fue capaz de andar en línea recta al salir de la edificación inglesa. Servía como carnicería y cocina —él mismo lo había imaginado—, pero no soportó ver en semejante lugar utensilios ingleses con los que estaba familiarizado, ni leer *graffiti* ingleses igualmente familiares, algunos de fecha tan reciente como 1610. No fui capaz de entrar en aquel edificio... el edificio cuyas diabólicas actividades tan solo había interrumpido la daga de mi antepasado, Walter de la Poer.

Sí que me aventuré a entrar en el edificio sajón de poca altura, cuya puerta de madera de roble se había venido abajo, y hallé en su interior una terrible hilera de diez celdas de piedra con barrotes herrumbrosos. Tres de ellas estaban habitadas, en todos los casos por esqueletos del nivel más elevado, y en el hueso del dedo índice de uno de ellos encontré un anillo con el blasón de mi familia. Sir William descubrió bajo la capilla romana una estancia con celdas mucho más antiguas, pero vacías. Debajo de ellas había una cripta de techo bajo con cajas repletas de huesos bien ordenados, en algunos casos con horribles inscripciones paralelas inscritas en latín, griego y la lengua de Frigia. Entretanto, el Dr. Trask había abierto uno de los túmulos prehistóricos y había sacado a la luz cráneos algo más humanos que los de un gorila, y en los que se habían grabado indescriptibles ideogramas. Mi gato andaba sin turbarse en medio de todo aquel horror. En cierta ocasión vi que se había encaramado monstruosamente sobre una montaña de huesos y me pregunté qué secretos debían de ocultarse tras sus ojos amarillos.

Tras haber alcanzado una comprensión elemental de las pavorosas revelaciones que se ocultaban en el área iluminada por la luz crepuscular —un área de la que había sido horrendo presagio mi sueño recurrente—, nos volvimos hacia la negra caverna que no parecía tener fin, hasta donde no penetraban los rayos de luz desde el barranco. Jamás sabremos qué mundos infernales sin luz aguardaban más allá del corto trecho que recorrimos, porque llegamos a la conclusión de que tales secretos no eran buenos para la humanidad. Pero lo que teníamos a mano bastaba para absorber toda nuestra atención, porque aún no habíamos llegado muy lejos cuando los reflectores nos mostraron la maldita infinidad de fosas donde las ratas habían celebrado sus banquetes y donde la repentina falta de provisiones había llevado al voraz ejército de roedores a volverse primero contra los rebaños de bestias hambrientas, y luego a escapar del priorato en aquella histórica orgía de devastación que los campesinos no iban a olvidar jamás.

¡Dios mío! ¡Aquellas fosas negras e inmundas, llenas de huesos aserrados y despojados de toda su carne, y de cráneos abiertos! ¡Aquellos abismos de pesadilla repletos de huesos de pitecantropoides, celtas, romanos e ingleses, de siglos impíos sin cuento! Algunos se habían llenado hasta arriba y no teníamos idea de cuál había sido su profundidad. En otros casos no lográbamos llegar al fondo con la luz de los reflectores, y los poblaban innombrables fantasías. ¿Qué ha sido —me pregunté— de las ratas desventuradas que cayeron en tales trampas en la negrura de sus expediciones por este horrendo Tártaro?

De pronto, mi pie resbaló al borde de una horrenda sima, y viví un momento de terror delirante. Debí de quedarme un buen rato ensimismado, porque ya no vi a ninguno de los miembros de la partida, salvo al rollizo capitán Norrys. Entonces oí, en la lejanía tenebrosa y sin límites, un sonido que me pareció conocer, y vi que mi viejo gato negro pasaba corriendo cerca de mí como un dios egipcio alado, de cabeza al abismo ilimitable de lo desconocido. Pero yo no me quedé muy atrás, porque al cabo de un segundo ya no me cupo ninguna duda. Era el misterioso correteo de aquellas ratas nacidas del diablo, siempre en busca de nuevos horrores, y resueltas a guiarme más allá, hasta las sonrientes cavernas del centro de la tierra donde Nyarlathotep, el dios loco y sin rostro, aúlla en la tiniebla a la melodía de dos flautistas idiotas y amorfos.

Mi reflector se apagó, pero no dejé de correr. Oía voces, y alaridos, y ecos, pero por encima de todo ello se elevaba con suavidad aquel correteo impío e insidioso, se elevaba con suavidad, se elevaba, como un cadáver rígido y abotargado se eleva con suavidad hasta flotar sobre un río aceitoso que discurre bajo inacabables puentes de ónice y desemboca en un mar negro y pútrido. Algo chocó contra mí, una cosa blanda y rechoncha. Debieron de ser las ratas, el ejército viscoso, gelatinoso, voraz, que banqueteaba con los muertos y los vivos... ¿acaso las ratas no podían devorar a un De la Poer, igual que un De la Poer devoraba cosas prohibidas? La guerra devoró a mi muchacho, malditos sean todos ellos... y los yanquis devoraron Carfax con las llamas y quemaron al abuelo Delapore y el secreto... ¡no, no, tenéis que creerme, yo no soy ese diabólico porquerizo de la gruta iluminada por luz crepuscular! ¡El rostro de aquella criatura fofa y fungosa no era la cara rechoncha de Edward Norrys! ¿Quién dice que soy un De la Poer? ¡Él vivió, pero mi muchacho murió! ¿Acaso un Norrys se quedará con las tierras de un De la Poer? Tenéis que creerme, esto es vudú... esa serpiente manchada... ¡Maldito seas, Thornton, yo te enseñaré a desmayarte por lo que ha hecho mi familia! Es sangre, bellaco, os la enseñaré a gustar... *wolde ye swynke me thilke wys?* ... *Magna Mater! Magna*

Mater! Atys... Dia ad aghaidh 's ad aodann... agus bas dunach ort! Dhonas 's dholas ort, agus leat-sa! Ungl... ungl... rrrlh... chchch...

Esto es lo que cuentan que dije cuando al cabo de tres horas me hallaron en la oscuridad. Me encontraron en la negrura, agazapado sobre el cuerpo rollizo, a medio devorar, del capitán Norrys. Mi propio gato saltaba sobre mí y me clavaba las uñas en la garganta. Han volado por los aires el Priorato de Exham, me han quitado a Nigger-Man y me han encerrado en esta habitación enrejada en Hanwell, y susurran con miedo sobre mi herencia y mis experiencias. Thornton está en la habitación de al lado, pero no me dejan hablar con él. También tratan de ocultar la mayoría de los hechos relacionados con el priorato. Cada vez que hablo del pobre Norrys me acusan de esa cosa espantosa, pero tienen que saber que yo no lo hice, tienen que saber que lo hicieron las ratas, las ratas que corren, que se escabullen y que no me dejan dormir con sus correteos, las ratas diabólicas que corren a toda velocidad tras el acolchado de las paredes de esta habitación y quieren hacerme descender a horrores mayores que los que haya conocido jamás, las ratas que ellos son incapaces de oír, las ratas, las ratas de las paredes.

La ceremonia

«Efficiunt Daemones, ut quae non sunt, sic tamen quasi sint, conspicienda hominibus exhibeant.»[1]

LACTANCIO

Me encontraba muy lejos de mi hogar, embargado por el embrujo del mar oriental. Lo oí romper contra las rocas al caer la noche, y supe que se extendía justo al otro lado de la colina donde unos sauces retorcidos se recortaban contra el cielo despejado y las primeras estrellas de la noche. Y dado que mis antepasados me habían convocado al vetusto pueblo que aguardaba más allá, me abrí paso por el delgado manto de nieve recién caída a lo largo de la carretera que ascendía solitaria hasta el punto del firmamento en que Aldebarán titilaba entre los ár-

1. Los demonios tienen la capacidad de hacer que la gente vea cosas que no existen como si fueran reales. *(N. del T.)*

boles, en dirección al antiquísimo pueblo con el que soñaba a menudo, pero que nunca había visto con mis propios ojos.

Era Yule, lo que los hombres denominan Navidad por mucho que en el fondo sepan que es más antiguo que Belén y Babilonia, más que Menfis y la propia humanidad. Era Yule, y había acudido al fin a la antigua villa marinera donde mi pueblo había vivido y oficiado ceremonias en los tiempos remotos en que estaban prohibidas; donde también habían conminado a sus hijos a celebrar una ceremonia cada cien años, a fin de que jamás se olvidaran los secretos primigenios. El mío era un pueblo antiguo, y ya lo era incluso cuando esta tierra se pobló hace más de trescientos años. Y eran un pueblo extraño, porque habían llegado como fugitivos clandestinos desde los embriagadores jardines de orquídeas del sur, y hablaban otro idioma hasta que aprendieron la lengua de los pescadores de ojos azules. Y ahora se habían diseminado, y solo compartían los rituales misteriosos que ningún ser vivo era capaz de comprender. Yo fui el único que regresó aquella noche al antiguo pueblo pesquero, tal como manda la leyenda, pues solo el pobre y el desamparado la recuerdan.

Más tarde, desde la cima de la colina, divisé la extensión de Kingsport en el crepúsculo; Kingsport nevado, con sus antiguas veletas y campanarios, sus parhileras y sus chimeneas, muelles y puentecitos, sauces y cementerios; laberintos interminables de callejuelas sinuosas y empinadas, y la vertiginosa elevación central coronada por la iglesia que el tiempo no se había atrevido a tocar; un dédalo infinito de casas de la época colonial apiñadas y repartidas en todos los ángulos y niveles imaginables, como los bloques de construcción desordenados de una criatura; una antigüedad que sobrevolaba con alas grises las tejas y los techos abuhardillados blanqueados por el invierno; montantes y ventanucos que resplandecían en el frío crepúsculo para unirse a Orión y los astros arcaicos. Y el mar azotaba los muelles podridos; ese mar hermético e inmemorial del que provino mi pueblo en tiempos remotos.

En la cima, junto a la carretera, se alzaba una colina todavía más alta, lúgubre y ventosa, sobre la que divisé un camposanto donde lápidas negras sobresalían macabramente entre la nieve como las uñas podridas de un cadáver descomunal. Caminaba por esa carretera solitaria, sin marca alguna, y de cuando en cuando oía en la lejanía unos crujidos terribles, como los de un cadalso azotado por el viento. Sabía que en 1692 habían colgado a cuatro de los míos por brujería, pero desconocía dónde.

Cuando la carretera comenzó a descender hacia el mar, agucé el oído esperando reconocer los alegres sonidos de un pueblo al anochecer, pero no oí nada. Luego pensé en la época del año, y en que tal vez aquellos antiguos puritanos tuvieran tradiciones navideñas que yo ignorara y en ese momento se hubieran entregado a recitar plegarias a la luz de la lumbre. Después de eso, no busqué más alborotos de júbilo ni caminantes, y me limité a dejar atrás granjas mudas con luz en las ventanas y sombríos muros de piedra de los que colgaban carteles de antiguas tiendas y tabernas marineras que crujían por el salitre. Las aldabas grotescas de portales columnados relucían por calles desiertas sin pavimentar a la luz de ventanas con la cortina corrida.

Había visto mapas del pueblo y sabía dónde encontrar el hogar de mi gente. Habían avisado para que me recibieran con los brazos abiertos, pues la leyenda del lugar seguía viva; de modo que me apresuré a cruzar Back Street de camino a Circle Court, y entonces atravesé la nieve fresca del único tramo del pueblo adoquinado por completo, hasta el punto en que Green Lane rodeaba el edificio del Mercado. Los viejos mapas continuaban vigentes y no tuve problema alguno; aunque en Arkham debieron de mentirme cuando me contaron que el tranvía llegaba hasta aquí, porque no vi ni un solo cable en el aire. De todas formas, la nieve habría cubierto las vías. Me alegré de haber optado por caminar, pues el pueblecito blanco me había parecido hermoso desde la colina, y ahora no veía el momento de llamar a la puerta de mi gente en Green Lane, en la séptima casa de la izquierda, con su antiguo tejado a dos aguas y segunda planta saliente, todo construido antes de 1650.

Vi luces en el interior cuando me acerqué y, a través de los cristales romboidales, me pareció que la habían mantenido muy fiel a su antigüedad. La parte superior sobresalía hacia la estrecha calle descuidada y por poco no tocaba el saliente de la casa de enfrente, de modo que me encontraba en una suerte de túnel, sobre un peldaño de piedra bajo sin un solo copo de nieve. No había acera, pero muchas de las casas contaban con puertas altas a las que se accedía por un tramo doble de escaleras y pasamanos de hierro. Era un lugar peculiar, y al ser la primera vez que visitaba Nueva Inglaterra, jamás había visto nada semejante. No le negaré un cierto atractivo, pero hubiese preferido ver pisadas en la nieve, gente en las calles y algunas ventanas con las cortinas descorridas.

Llamé a la arcaica aldaba de hierro con aprensión. Me había empezado a invadir un cierto miedo, tal vez debido a lo inusual de mi ascendencia, o por la crudeza de la noche, o tal vez por el silencio inquietante de aquel pueblo vetusto de costumbres extrañas. Y cuando respondieron a la puerta, me sumí en un pánico absoluto, pues no había oído ningún paso antes de que la puerta se abriera con un crujido. Con todo, el miedo duró poco, pues el anciano con camisón y pantuflas que apareció en el umbral me miró con una cara afable que transmitía confianza; y aunque me indicó que era sordo, me dio una bienvenida peculiar y ancestral mediante el punzón y la tablilla de cera que llevaba encima.

Me invitó a entrar en una habitación baja e iluminada por velas, con unas descomunales vigas expuestas y un mobiliario del siglo XVII oscuro, adusto y escaso. Allí el pasado seguía vivo con fuerza, pues no faltaba un detalle. Contaba con una cavernosa chimenea y una rueca en la que estaba sentada de espaldas a mí una anciana concorvada, vestida con ropa ancha y una capota honda, hilando a pesar de las fiestas. El lugar parecía estar dominado por una humedad indefinida, y me maravilló que no hubieran encendido la lumbre. El banco de respaldo alto, orientado hacia la pared de ventanas con las cortinas corridas, parecía estar ocupado, pero no las tenía todas conmigo. No me gustaba lo que veía, y volví a sentir la misma aprensión que antes. Esta vez crecía a partir de lo que antes me había tranquilizado, pues cuanto más observaba el rostro afable del viejo, más me aterrorizaba precisamente esa extrema afabilidad. No movía los ojos y su piel tenía un aspecto ceroso. Finalmente me convencí de que no era ni mucho menos un rostro, sino una máscara diabólicamente artera. Sin embargo, sus manos flácidas, enguantadas, por cierto, escribieron con cordialidad en la tablilla y me dijeron que debía esperar un poco antes de que me guiaran hacia el lugar de la ceremonia.

Después de señalar una silla, una mesa y un montón de libros, el anciano abandonó la estancia; y cuando me senté a leer, me fijé en que los libros estaban muy gastados y enmohecidos, e incluían el desaforado *Maravillas de la ciencia* de Morryster, el terrible *Saducismus Triumphatus* de Joseph Glanvill, publicado en 1681, el desconcertante *Demonolatría* de Remigius, impreso en 1595 en Lyon, y, el peor de todos, el inefable *Necronomicón* del árabe loco, Abdul Alhazred, en la traducción prohibida al latín de Olaus Wormius; un libro que jamás había visto, pero del que me habían llegado susurros horripilantes. Nadie me dirigía la palabra, pero oía los crujidos de los carteles de la calle que se mecían con el viento y el chirrido de la rueca mientras la vieja de la capota continuaba tejiendo en silencio. La habitación, los libros y sus ocupantes se me antojaron en extremo macabros e inquietantes, si bien ya esperaba encontrarme con fenómenos extraños, pues una antigua tradición de mis antepasados me había convocado a ser testigo de extraños festejos. De modo que traté de leer, y no tardé en abstraerme temblorosamente en algo que encontré en el maldito *Necronomicón*; una idea y una leyenda demasiado aberrantes para la cordura o la conciencia. Sin embargo, me disgustó oír como se cerraba una de las ventanas que había frente al banco, como si alguien la hubiese abierto con disimulo. Parecía haber sucedido a un chirrido que no había producido la rueca de la anciana. Pero no las tenía todas conmigo, porque la anciana tejía con agitación y el viejo reloj había estado sonando. Después de eso, perdí por completo la noción de las personas que había en el banco, y continué absorto y tembloroso en la lectura hasta que el anciano regresó ataviado con unas botas y un atuendo antiguo y holgado, y se sentó en ese mismo banco, de espaldas a mí. La espera era sin duda asfixiante, y el libro blasfemo que sostenía en las manos no ayudaba. No obstante, cuando el reloj tocó las once, el viejo se levantó, se acercó al gigantesco arcón tallado del rincón y sacó dos capas con capucha; después de vestirse con una de ellas, cubrió a la anciana, quien había detenido su monótono hilado, con la otra. Luego, los dos echaron a andar hacia la puerta de la calle; la mujer arrastraba los pies y renqueaba, y el viejo, tras recoger el libro que yo había estado leyendo, me hizo un gesto antes de ocultarse con la capucha el rostro o máscara impasible.

Salimos hacia el laberinto tortuoso y sin luna de aquella ciudad más antigua que el tiempo; salimos cuando las luces tras las cortinas comenzaron a extinguirse una tras otra, y Sirio observaba desde las alturas la comitiva de siluetas encapuchadas que emergían de cada puerta y formaban procesiones monstruosas, dejando atrás el crujido de los carteles y frontones antediluvianos, los tejados de paja y ventanas romboidales; ascendían por calles empinadas donde casas ruinosas se solapaban y derrumbaban unas sobre otras, y cruzaban patios y cementerios donde los faroles se balanceaban y producían constelaciones ebrias y sobrenaturales.

Yo seguía a mis guías mudos entre aquellas comitivas silenciosas, empujado por codos que parecían anormalmente blandos y aplastado por pechos y estómagos imposiblemente carnosos; pero no vi rostro alguno ni oí ni una sola palabra. Las inquietantes columnas ascendían sin descanso, y me di cuenta de que todos los caminantes convergían en lo que parecía ser el centro de una serie de callejuelas delirantes en la cima de una alta colina, en mitad del pueblo, donde se alzaba una gran iglesia blanca. La había divisado desde el punto más alto de la carretera, cuando había observado Kingsport bajo las últimas luces del crepúsculo, y me había estremecido al ver que, por un momento, Aldebarán parecía hacer equilibrios sobre la fantasmagórica aguja.

La iglesia estaba rodeada por un gran espacio abierto, en parte un cementerio lleno de pilares espectrales y en parte una plaza a medio adoquinar que el viento había limpiado de nieve, delimitado por malsanas casas arcaicas con tejados a dos aguas y frontones sobresalientes. Fuegos fatuos danzaban entre las tumbas y pintaban una escena aterradora, aunque no proyectaban sombra alguna. Al otro lado del cementerio, donde terminaban las casas, podía distinguir por encima de la cumbre de la colina el brillo de las estrellas en el puerto, aunque el pueblo era invisible en la oscuridad. Solo de cuando en cuando un farol se balanceaba sin mesura por callejuelas serpenteantes de camino a la comitiva que ahora entraba ya en la iglesia sin mediar palabra. Esperé a que toda la procesión hubiese atravesado el umbral oscuro del edificio y a que los hubiesen alcanzado todos los rezagados. El viejo me tiraba de la manga, pero yo estaba decidido a ser el último. Finalmente los seguí, con el hombre siniestro y la vieja de la rueca delante de mí. Al cruzar la puerta y adentrarme en aquel templo abarrotado de una oscuridad ignota, volví la vista atrás para observar el mundo exterior, mientras la fosforescencia del cementerio iluminaba los adoquines de la colina con un brillo macabro. Y entonces me estremecí, pues a pesar de que el viento apenas hubiese dejado un rastro de nieve, sí que se conservaban algunos restos cerca de la puerta; y en ese fugaz vistazo atrás, me pareció distinguir, con ojos pesarosos, que no habían quedado marcas de pisadas, ni siquiera de las mías.

La iglesia estaba apenas iluminada por los faroles que habían entrado, pues la mayoría de la compañía había desaparecido. Después de atravesar el pasillo entre los altos bancos blancos, habían llegado a la trampilla de las cámaras que se abrían ominosamente justo antes del púlpito, por las que ahora se introducían en silencio. Los seguí aturdido por unos escalones gastados hacia una cripta mohosa y asfixiante. La cola de aquella sinuosa hilera de caminantes nocturnos me resultaba del todo aterradora, y al ver cómo reptaba hacia una venerable tumba, me pareció aún más horrenda. Fue entonces cuando me percaté de que en el suelo de la tumba había una abertura por la que se deslizaba la comitiva, y un momento más tarde ya descendíamos todos por una siniestra escalera de piedra desbastada; una estrecha escalera de caracol húmeda y especialmente hedionda que descendía sin fin hacia las entrañas de la colina entre muros monótonos de piedra mojada y restos de mortero. Fue un descenso silencioso y desconcertante y, tras un horrible tramo, observé que la naturaleza de los muros y escalones había cambiado, como si los hubieran tallado en la propia roca. Lo que más me sobrecogió fue la miríada de pasos que no emitían ningún sonido ni producían eco. Después de bajar durante lo que se me antojó otra eternidad, vi algunos pasajes o madrigueras que provenían de rincones desconocidos de la negrura de este misterioso pozo. No tardaron en volverse excesivamente numerosas, como las catacumbas impías de una amenaza sin nombre; y su acre hedor a putrefacción empezó a ser insoportable. Sabía que debíamos de haber dejado atrás la montaña y que ahora nos encontrábamos bajo el mismo suelo de Kingsport, y me estremecí al pensar en la imagen de la ciudad vetusta carcomida por ese mal subterráneo.

Entonces vislumbré el tenue resplandor de una luz pálida y oí el chapoteo insidioso de unas aguas sombrías. Un escalofrío volvió a recorrerme la espalda, pues aborrecía lo que la noche había traído consigo y deseé amargamente que ningún antepasado me hubiese convocado a aquel ritual primigenio. Cuando los escalones y el pasadizo se ensancharon, oí otro sonido, el quejido lastimero y frágil de una flauta; y de repente se extendió ante mí la imagen infinita de un mundo telúrico: una vasta orilla fúngica iluminada por una sobrecogedora columna de fuego verde y bañada por un ancho río oleoso que discurría desde abismos espantosos e insospechados hasta encontrarse con las simas nigérrimas de un océano inmemorial.

Observaba aturdido y entre resuellos aquel Erebo profano de hongos titánicos, fuegos leprosos y aguas viscosas, y vi como la compaña encapuchada formaba un semicírculo alrededor del pilar ardiente. Se trataba del ritual de Yule, más antiguo que el hombre y destinado a sobrevivirlo; el ritual primigenio del solsticio y de la promesa de la primavera tras las nieves; el ritual del fuego y la floración, la luz y la música. Y en aquella gruta estigia presencié como llevaban a cabo el ritual y adoraban a la sobrecogedora columna de llamas y lanzaban al agua puñados arrancados de la vegetación viscosa que brillaba con un intenso verde bajo aquella luz cetrina. Aquello fue lo que presencié, y también vi una silueta amorfa acuclillada lejos de la luz que producía sonidos repugnantes con la flauta; y mientras aquella criatura soplaba me pareció percibir unos aleteos amortiguados y nauseabundos en la negrura fétida que no alcanzaba la luz. Pero lo que más me aterrorizaba era la columna de fuego; brotaba como un volcán de unas profundidades hondas e incognoscibles, pero no proyectaba sombras como le correspondería a una llama sana, y cubría la piedra nitrosa del techo de un verdín inmundo y venenoso. Pues a pesar de que ardía con furia, no emitía calor alguno, sino un frío húmedo más propio de la muerte y la corrupción.

El hombre que me había guiado hasta allí se escabulló hasta situarse justo al lado de la espantosa llama y le ofreció unos gestos ceremoniales torpes al semicírculo que tenía enfrente. En determinadas fases del ritual, los presentes realizaban afectadas reverencias, sobre todo cuando el viejo sostenía por encima de su cabeza el pavoroso *Necronomicón* que había cargado hasta allí; y yo imitaba las reverencias porque los escritos atávicos me habían convocado a aquella ceremonia. Poco después, el anciano le hizo una señal al flautista sombrío, que entonces cambió su tenue zumbido a un sonido apenas más alto, aunque en otra tonalidad, lo cual precipitó un horror inimaginable e inesperado. Me dejé caer hasta casi tocar los líquenes del suelo al contemplar aquella monstruosidad, paralizado por un pavor impropio de este mundo y de cualquier otro; un pavor que solo puede encontrarse en los espacios de locura que separan las estrellas.

De la negrura inconcebible que se extendía al otro lado del resplandor gangrenoso de la llama fría, de las leguas tartáricas por las que discurría aquel río oleoso, inquietante, mudo e insospechado, emergió rítmicamente una horda de criaturas aladas híbridas, domesticadas y entrenadas, que ningún ojo cuerdo podría llegar a comprender jamás, ni ningún cerebro sano recordaría completamente. No eran del todo cuervos ni topos, ni tampoco buitres, hormigas, murciélagos vampiro o seres humanos en descomposición, sino algo que no puedo ni debo recordar. Avanzaban renqueantes, apoyadas tanto sobre sus patas palmeadas como sobre sus alas membranosas; y al alcanzar la comitiva de celebrantes, las figuras encapuchadas las agarraron y las montaron, y se marcharon una tras otra por los confines de aquel río oscuro, hacia fosos y galerías tremebundos donde el veneno alimentaba cataratas aterradoras e ilocalizables.

La anciana de la rueca se había marchado con la comitiva, y el viejo seguía allí solo porque yo me había negado cuando me había hecho un gesto para que sujetara a un animal y lo montara como el resto. Al ponerme en pie entre tambaleos, me fijé en que el flautista amorfo había desaparecido, pero dos de las bestias continuaban allí, esperando pacientemente. Cuando el viejo me vio retroceder, sacó el punzón y la tablilla y escribió que él era el verdadero procurador de mis antepasados que habían iniciado el ritual de Yule en aquel antiguo lugar; que se había decretado que yo regresaría, y que todavía no se habían celebrado los misterios más arcanos. Lo escribió con una mano muy anciana, y cuando percibió que yo aún vacilaba, se extrajo de la túnica holgada un sello y un reloj, ambos con el escudo de armas de mi familia, para demostrar que era quien decía ser. Pero era una prueba nefanda, pues yo sabía por unos viejos papeles que ese reloj lo habían sepultado con mi tataratataratataratatarabuelo en 1698.

En ese momento, el anciano se bajó la capucha y señaló el parecido familiar de su rostro, pero yo solo me estremecí, tan convencido estaba de que aquella cara no era más que una espantosa máscara de cera. Los animales habían empezado a arañar con nerviosismo los líquenes, y vi que el viejo también se impacientaba. Cuando una de las criaturas comenzó a andar y a alejarse de allí, el viejo se giró rápidamente para detenerla; tan repentino fue el movimiento que la máscara cerosa se despegó de lo que debería haber sido su cabeza. Y entonces, y dado que la posición de aquella pesadilla me impedía dirigirme a la escalera de piedra por la que habíamos venido, me arrojé al oleoso río subterráneo que borboteaba en algún lugar de las cavernas del mar; me lancé a aquel jugo pútrido de los horrores más profundos de la tierra antes de que la locura de mis gritos provocara que todas las legiones diabólicas de aquellas simas nocivas se me echaran encima.

En el hospital me contaron que me habían encontrado al alba, medio congelado en el puerto de Kingsport, aferrado al mástil que el naufragio había enviado para salvarme. Me dijeron que me había equivocado de camino en el cruce de la colina la noche anterior y me había despeñado por los acantilados en Orange Point; lo habían deducido por las pisadas que habían encontrado en la nieve. No supe qué responder, porque no entendía nada. No entendía nada, ni los ventanales por los que distinguía un mar de tejados de los que solo uno de cada cinco estaba en ruinas, ni el sonido de carros y motores en las calles de abajo. Insistieron en que me encontraba en Kingsport, y yo no podía negarlo. Después de que delirara al oír que el hospital estaba cerca del viejo cementerio de Central Hill, me mandaron al Hospital de St. Mary en Arkham, donde podrían atenderme mejor. Me encontraba a gusto, pues los doctores tenían la mente abierta, e incluso echaron mano de sus contactos para proporcionarme una copia del *Necronomicón*, la obra inadmisible de Alhazred, que guardaban celosamente en la biblioteca de la Universidad de Miskatonic. Comentaron algo sobre una «psicosis», y coincidí en que lo mejor era quitarme aquellas obsesiones hostiles de la cabeza.

Por eso volví a leer aquel terrible capítulo, y me estremecí por partida doble al descubrir que, en efecto, no me resultaba desconocido. Lo había visto antes, indicaran lo que indicasen las pisadas; y lo que había visto era mejor olvidarlo. No había nadie, durante las horas diurnas, que pudiera recordármelo; pero mis sueños estaban dominados por el pavor que me producían unas frases que no me atrevo a citar. Sí citaré un párrafo, traducido como buenamente he podido del extraño latín vulgar original.

> Las cavernas más profundas —escribió el árabe loco— no están hechas para los ojos que ven, pues sus maravillas son extrañas y formidables. Maldito sea el suelo donde los pensamientos de los muertos viven de nuevo en cuerpos que les son ajenos, y vil sea la mente que no habita cabeza alguna. Ibn Schacabao afirmó sabiamente que feliz era la tumba don-

de no habían sepultado a un hechicero, y felices las noches del pueblo cuyos hechiceros no eran más que cenizas. Pues según cuentan antiguos rumores, el alma comprada por el diablo no brota del barro mortuorio, sino que engorda e instruye al gusano que la corroe; hasta que de la propia corrupción emerge una vida horripilante, y los torpes carroñeros de la tierra adquieren astucia para afligirla y un tamaño monstruoso para atormentarla. Se excavan en secreto grandes agujeros allí donde los poros de la tierra deberían bastar, y las criaturas que deberían arrastrarse han aprendido a caminar.

El morador de las tinieblas

Dedicado a Robert Bloch

En el planeta desde el inicio,
con firmamento esplendoroso,
he visto cada oscuro resquicio
y el movimiento caprichoso
de mundos que sin rumbo pasean,
[anónimos y tenebrosos.

«Némesis»

Los investigadores más precavidos dudarán a la hora de desafiar la creencia popular de que Robert Blake murió cuando le cayó un rayo o por algún *shock* nervioso grave producido por una descarga eléctrica. Si bien es cierto que la ventana a la que miraba no estaba rota, la madre naturaleza ha demostrado ser capaz de cometer muchísimos actos aberrantes. La expresión que le quedó bien podría haber tenido origen en algún espasmo muscular desconocido que no guarde relación con algo que viera, mientras que las entradas de su diario son claro resultado de una imaginación muy propensa a la fantasía, avivada por las supersticiones del lugar y por ciertos asuntos que había desentramado. En cuanto a las condiciones anómalas que se dieron en la iglesia abandonada de Federal Hill, los analistas astutos no dudarán en atribuirlas a la charlatanería, consciente o inconsciente, con la que Blake estaba relacionado en secreto, por mucho que fuera solo en parte.

Pues, al fin y al cabo, la víctima era un escritor y pintor dedicado en cuerpo y alma al campo de los mitos, los sueños, el terror y la superstición, ávido en su búsqueda de escenas y efectos de lo espectral y lo ignoto. Su último paso por la ciudad (para hacerle una visita a un extraño anciano tan dado a las historias ocultas y prohibidas como él) había acabado sumido en la muerte y en las llamas, y debió de ser alguna especie de instinto morboso lo que lo motivó a volver a abandonar su hogar en Milwaukee. Cabe la posibilidad de que conociera las historias antiguas por mucho que afirmara lo contrario en su diario, y que su muerte haya atajado de raíz alguna elaborada mentira destinada a ser una reflexión literaria.

Sin embargo, entre aquellos que han examinado y relacionado todas las pruebas, hay quienes se aferran a unas teorías menos racionales y terrenales. Hay quienes optan por tomarse el diario de Blake al pie de la letra, quienes señalan ciertos hechos como la autenticidad irrefutable del antiguo registro de la iglesia; la existencia verificada de la secta de la Sabiduría de las Estrellas, tan repudiada como poco ortodoxa, antes de 1877; la desaparición registrada de un periodista demasiado curioso llamado Edwin M. Lillibridge en 1893, y, por encima de todo, el pavor monstruoso que transfiguró la expresión del joven escritor antes de morir. Fue uno de esos creyentes quien, llevado al punto del fanatismo, lanzó a la bahía la piedra de ángulos singulares y su caja de metal de adornos extraños que había hallado en el viejo campanario de la iglesia; en aquel campanario negro y sin ventanas, y no en la torre en la que el diario de Blake afirmaba que se encontraban en un origen. Aunque se ha censurado tanto de forma oficial como no oficial, ese hombre (un médico de buena reputación al que le gustaba el folclore extraño) aseveró que había librado al mundo de algo demasiado peligroso como para que estuviera en él.

Cada lector deberá decidir por sí mismo entre esas dos opiniones. Los periódicos ya han publicado los detalles tangibles desde un punto de vista escéptico, por lo que recae en los demás reconstruir la escena tal como la vio Robert Blake (o como creyó verla, o como pretendió verla). Ahora, al estudiar el diario con detenimiento, desprendidos de las pasiones y a discreción de cada uno, resumamos la oscura serie de sucesos desde el punto de vista expresado por su protagonista.

El joven Blake volvió a Providence durante el invierno entre 1934 y 1935 y ocupó la planta superior de una vivienda venerable situada en un patio de hierba que salía de la calle College, en la cima de la colina oriental cercana al campus de la Universidad Brown y detrás del edificio de mármol de la Biblioteca John Hay. Se trataba de un lugar acogedor y fascinante, albergado en un pequeño oasis de una antigüedad similar a un pueblo donde unos gatos enormes y amistosos tomaban el sol encima de una cabaña que les venía de perlas. Aquella casa georgiana cuadrada tenía un tejado con monitor, una puerta clásica con una forma de abanico tallada, ventanas de paneles pequeños y los demás indicios de la artesanía de principios del siglo diecinueve. En el interior había puertas de seis paneles, un suelo de madera de tablones amplios, una escalera de caracol colonial, chimeneas blancas de estilo adamesco y unas salas traseras que quedaban tres escalones por debajo del nivel general de la vivienda.

El estudio de Blake, una estancia grande que daba al suroeste, tenía vistas al jardín delantero por un lado, mientras que las ventanas que daban al oeste (bajo una de las cuales había situado el escritorio) le permitían ver, por encima de la ladera de la colina, el paisaje espléndido de los tejados esparcidos del centro y las puestas de sol místicas que tras ellos ardían. En el horizonte estaban las laderas moradas del campo. En aquella zona, a unos tres kilómetros de distancia, se erguía el montículo espectral que era Federal Hill, lleno de tejados agrupados y de campanarios cuyas siluetas remotas parecían ondear con misticismo y adoptar una forma fantástica cuando el humo de la ciudad se arremolinaba en el aire y las cubría. A Blake le daba la curiosa sensación de que observaba un mundo desconocido y etéreo que bien podría desaparecer en sus sueños si osaba buscarlo y adentrarse en él en persona.

Al haber pedido que le enviaran a casa la mayoría de sus libros, Blake compró varios muebles antiguos que encajaban con su habitación y se dedicó a escribir y a pintar. Vivía solo y se encargaba de los quehaceres del hogar sencillos por sí mismo. Su estudio estaba en un ático que daba al norte, donde los paneles del tejado monitor le concedían una iluminación maravillosa. Durante aquel primer invierno produjo cinco de sus relatos cortos más conocidos (*Los que acechan en el abismo*, *Las escaleras de la cripta*, *Shaggai*, *En el valle de Pnath* y *El devorador de las estrellas*) y pintó siete lienzos, unos estudios de monstruos inhumanos sin nombre, de aspecto alienígena, dispuestos en paisajes extraterrestres.

Cuando llegaba la puesta del sol, solía sentarse a su escritorio y contemplar el horizonte occidental hasta perderse en él, con las torres oscuras de Memorial Hall por debajo, el campanario georgiano del juzgado, los pináculos altaneros de la sección del centro y aquella bóveda reluciente y coronada por torres a lo lejos, cuyas calles desconocidas y hastiales laberínticos ponían a prueba su imaginación. Gracias a los pocos conocidos que tenía en el lugar se enteró de que aquella colina lejana era un barrio italiano vasto, aunque la mayoría de las casas provenían de la época de los yanquis y de los irlandeses. De vez en cuando apuntaba con sus prismáticos en dirección a aquel mundo espectral e inalcanzable que había detrás del humo arremolinado, veía tejados, chimeneas y campanarios y reflexionaba sobre los misterios extraños y curiosos que podían albergar. Incluso con aquella ayuda óptica, Federal Hill le seguía pareciendo un lugar alienígena, extraído de la fantasía, propio de las maravillas irreales e intangibles de sus propias historias y cuadros. La sensación permanecía en él mucho después de que la colina se hubiera teñido del ocaso violáceo salpicado de farolas, después de que los reflectores del juzgado y de que la baliza roja industrial del edificio Trust se hubieran encendido para hacer que la noche se tornara grotesca.

De todos los objetos distantes de Federal Hill, cierta iglesia enorme y oscura era lo que más fascinaba a Blake. Destacaba con una característica única y especial a algunas horas del día, y, bajo la luz crepuscular, la gran torre rematada por el campanario se cernía en contraste al cielo en llamas. Parecía encontrarse en un lugar más alto que los demás, pues la fachada mugrienta y el lado septentrional que veía de lado, con su tejado inclinado y la parte superior de unas grandes ventanas puntiagudas, se alzaban por encima de la maraña de parhileras y chimeneas colindantes. De un aspecto lúgubre y austero, parecía estar hecha de piedra, manchada y desgastada por el humo y las tormentas de más de un siglo. El estilo, al menos hasta donde alcanzaba a ver con los prismáticos, era de la primera forma experimental del renacimiento gótico que precedía al elegante periodo de Upjohn y contenía algunas de las siluetas y proporciones propias de la era georgiana. Era probable que se hubiera construido alrededor de 1810 o de 1815.

Conforme pasaron los meses, Blake observó aquella estructura lejana e imponente con un interés extraño y creciente. Dado que las enormes ventanas que tenía no se iluminaban nunca, sabía que el edificio debía de estar abandonado. Cuanto más tiempo observaba, más fantasías elucubraba su imaginación, hasta que comenzó a presenciar sucesos curiosos. Creía que un aura de desolación difusa y singular flotaba por el lugar, de modo que las palomas y las golondrinas evitaban sus aleros manchados por el humo. Alrededor de otras torres y campanarios, con los prismáticos alcanzaba a ver bandadas de pájaros, los cuales nunca se posaban. Eso es al menos lo que anotó en su diario. Aunque les habló del lugar a varios de sus amigos, ninguno de ellos había estado nunca en Federal Hill ni tenía la más remota idea de qué era o había sido la iglesia.

En primavera, Blake cayó en las garras de una inquietud profunda. Pese a que ya había comenzado la novela que tanto tiempo llevaba planeando (basada en la supuesta supervivencia del culto de brujas de Maine), algún motivo le impedía avanzar. Pasaba cada vez más tiempo sentado ante la ventana que daba al oeste, contemplando aquella colina lejana con el campanario negro y lúgubre al que las aves no se acercaban. Cuando las primeras hojas delicadas brotaron en las ramas del jardín, el mundo se llenó de belleza, mas la inquietud de Blake solo se acrecentó. Fue entonces que pensó por primera vez en cruzar la ciudad y subir por la ladera para sumirse en aquel mundo onírico envuelto en humo.

A finales de abril, justo antes de la fecha siniestra

que era Walpurgis, Blake emprendió su primer viaje rumbo a lo desconocido. Recorrió las interminables calles del centro y las lúgubres plazas en decadencia hasta llegar al fin a la calle empinada llena de peldaños desgastados por el paso del tiempo, con pórticos dóricos y cúpulas de paneles turbios, dado que le pareció que conducía hacia aquel mundo inalcanzable que escondía la niebla, el que hacía tanto tiempo que conocía. Había señales blanquiazules gastadas que no albergaban ningún significado para él, y no tardó en percatarse del rostro extraño y oscuro de quienes pasaban por allí, de los carteles incomprensibles que veía sobre los curiosos establecimientos de los edificios marrones y consumidos por las décadas. En ningún lugar encontraba los objetos que había visto desde la distancia, por lo que una vez más volvió a pensar que la Federal Hill de aquella vista lejana era un mundo de ensueño que ningún humano debía mancillar.

De vez en cuando, atisbaba una fachada de iglesia maltrecha o un chapitel, pero no el edificio ennegrecido que buscaba. Cuando le preguntó a un dependiente por la gran iglesia de piedra, el hombre esbozó una sonrisa y negó con la cabeza, por mucho que hablara inglés perfectamente. Conforme Blake seguía ascendiendo, la zona le parecía cada vez más extraña, con unos laberintos enloquecedores de callejones terrosos e inquietantes que emprendían un sendero eterno hacia el sur. Cruzó dos o tres avenidas amplias, y en una ocasión creyó ver una torre que le sonaba. Una vez más, le preguntó a un vendedor por la gran iglesia de piedra, y en aquella ocasión podría haber jurado que la ignorancia del hombre era fingida. El rostro oscuro del vendedor albergaba un atisbo de miedo que trató de ocultar, y Blake notó que hacía un gesto curioso con la mano derecha.

Y, de repente, un chapitel negro apareció en contraste con el cielo nublado a su izquierda, por encima de los tejados marrones en fila que llenaban los callejones enmarañados del sur. Blake supo al instante lo que era y avanzó hacia el lugar a través de las calles sucias y sin pavimentar que ascendían. En dos ocasiones se volvió a perder, aunque algo le impedía pararse a preguntarles a los patriarcas o a las amas de casa que estaban delante de la puerta de sus respectivas viviendas, así como a los niños que gritaban y correteaban por el barro de las callejuelas sombrías.

Al fin atisbó la torre en sí, hacia el suroeste, así como una mole de piedra que se alzaba en la sombra del final de un callejón. Se encontraba en una plaza abierta azotada por el viento, de adoquines pintorescos, con un muro de piedra al otro lado. Fue el final de su búsqueda, pues en la plataforma que remataba el muro, amplia, con barandillas de hierro y llena de maleza (un mundo inferior y aparte, situado a casi dos metros por encima de las calles colindantes), había un edificio lúgubre y colosal cuya identidad, a pesar de la nueva perspectiva de Blake, era indiscutible.

La iglesia abandonada estaba sumida en una gran decadencia. Algunos de sus muros de piedra altos se habían derrumbado, y varios chapiteles delicados se habían perdido bajo la hierba y la maleza marrón y olvidada. Las ventanas góticas manchadas de hollín estaban casi todas intactas, aunque gran parte de los maineles de piedra no estaban por ninguna parte. Blake se preguntó cómo era posible que aquellos vitrales de pinturas estrambóticas pudieran haberse conservado tan bien, en vista de las costumbres que los niños pequeños de todo el mundo compartían. Las puertas enormes estaban en buen estado y cerradas a cal y canto. Alrededor de la plataforma, de modo que cerraba el perímetro, había una valla de hierro cuya puerta (en lo alto de unas escaleras que partían de la plaza) estaba cerrada con un candado. El camino que iba desde la puerta hasta el edificio en sí estaba a rebosar de maleza; la desolación y la ruina flotaban como una cortina de humo sobre el lugar, y en los aleros sin aves del tejado y en las paredes negras sin hiedra, Blake notó el roce de lo siniestro, uno que escapaba a su comprensión.

Si bien había muy pocas personas en la plaza, Blake divisó a un policía en el lado septentrional, y se acercó para preguntarle por la iglesia. Se trataba de un irlandés corpulento y alegre, por lo que le pareció extraño que se limitara a santiguarse y a mascullar que no se hablaba de aquel edificio. Cuando Blake le insistió, el hombre dijo a toda prisa que los sacerdotes italianos advertían a todo el mundo que no se acercaran y juraban que un mal monstruoso había habitado el edificio y había dejado su marca en él. Él mismo había oído susurros oscuros sobre el tema por parte de su padre, quien recordaba ciertos sonidos y rumores de su infancia.

Le contó que antaño se había establecido una

secta impía en el lugar, una secta ilegal que invocaba a unos seres extraídos de los abismos olvidados de la noche. Habían necesitado la ayuda de un buen sacerdote para exorcizar a lo que había llegado ante ellos, aunque hubo quienes afirmaron que solo la luz podía conseguirlo. Si el padre O'Malley siguiera con vida, podría hablarle de mucho. Sin embargo, ya poco más podían hacer que dejar estar el tema. Ya no le hacía daño a nadie, y los propietarios del lugar ya habían fallecido o se habían marchado lejos de allí. Habían huido cual ratas después de las amenazas de 1877, cuando los habitantes del lugar empezaron a preocuparse porque de vez en cuando desaparecía alguien del vecindario. Algún día el gobierno iba a meterse en el tema e iba a apropiarse de la finca por falta de herederos, pero no iba a hacer ningún bien que alguien la tocara. Lo mejor era dejarla en paz y que el paso de los años la terminara derribando, no fuera a ser que despertaran algo que debería descansar para siempre en aquel abismo tenebroso.

Después de que el policía se marchara, Blake se quedó contemplando aquel edificio lóbrego y su campanario. Se emocionó al descubrir que la estructura les parecía tan tétrica a los demás como a él y se preguntó qué atisbo de verdad escondían aquellos rumores antiguos que el agente de la ley le había transmitido. Seguro que no eran más que leyendas evocadas por el aspecto siniestro del lugar, pero, aun así, era como si una de sus historias hubiera cobrado vida.

El sol vespertino se asomó desde detrás de las nubes que se dispersaban, mas no pareció ser capaz de iluminar las paredes manchadas de hollín del viejo templo que coronaba aquella cima alta. Resultaba extraño que el verdor de la primavera no hubiera alcanzado la vegetación marrón y marchita que crecía en aquel recinto delimitado por la valla de hierro. Blake se fue acercando cada vez más a la zona elevada para examinar la plataforma y la valla oxidada, en busca de alguna posible entrada. Aquella iglesia ennegrecida ejercía una atracción en él a la que no se podía resistir. Si bien la valla no tenía ninguna abertura cerca de las escaleras, en la zona norte faltaban unos cuantos barrotes, de modo que podía subir por los peldaños y caminar alrededor del perímetro estrecho que rodeaba la valla hasta llegar al hueco. Si era cierto que los habitantes del lugar le tenían tanto miedo al templo, nadie iba a estar por allí para impedírselo.

Llegó a la pared y casi logró entrar por la parte rota de la valla antes de que alguien lo viera. Sin embargo, al mirar abajo, vio que unas cuantas personas de la plaza se alejaban y hacían el mismo gesto con la mano derecha que le había visto al mercader de la avenida. Varias ventanas se cerraron con fuerza, y una mujer entrada en carnes salió corriendo a la calle para llevarse a unos niños pequeños a una casa maltrecha y sin pintar. El hueco de la valla era muy fácil de atravesar, y Blake no tardó en pasear entre la maleza putrefacta y enmarañada de aquel patio abandonado. En algunos tramos se erguían los bultos desgastados que eran las lápidas, por lo que supo que en aquel lugar se habían organizado entierros en algún momento, pero, a juzgar por su aspecto, hacía mucho tiempo de aquello. Aunque la enormidad de la iglesia parecía opresiva al encontrarse tan cerca, venció a su temor y se acercó para intentar abrir los tres portones de la fachada. Todos estaban cerrados a cal y canto, por lo que rodeó aquel edificio ciclópeo en busca de alguna abertura más pequeña y más penetrable. Ni siquiera en aquel momento estaba seguro de si quería entrar o no en la morada del abandono y de las sombras, pero la atracción de lo extraño que era tiraba de él sin que pudiera resistirse.

Una ventana trasera del sótano, abierta y sin ninguna protección, le proporcionó la entrada que ansiaba. Se asomó y vio un abismo subterráneo de telarañas y polvo iluminado por la luz tenue de los rayos del sol que se filtraban por el oeste. Atisbó restos, barriles viejos, cajas destrozadas y muebles de distinta índole, y todo estaba cubierto por una capa de polvo que suavizaba todos los bordes afilados. Los restos oxidados de una estufa mostraban que el edificio se había usado y se había mantenido en orden al menos hasta mediados de la época victoriana.

Casi sin proponérselo, Blake pasó a gatas por la ventana y descendió hasta el suelo de hormigón cubierto de polvo y de escombros varios. El sótano abovedado era bien grande, sin ninguna pared divisoria, y, en un rincón a la derecha, sumido en unas sombras densas, vio un arco negro que quedaba claro que daba a la planta de arriba. Lo embargó una extraña sensación de opresión al estar de verdad en aquel edificio espectral enorme, pero se controló conforme exploraba el lugar; encontró un barril que seguía intacto entre todo el polvo y lo rodó hasta la ventana abierta para poder salir después. Y luego, tras prepararse mentalmente, cruzó aquella estancia amplia y decorada con telarañas en dirección al arco. Medio ahogado por el polvo omnipresente y cubierto de fibras sedosas y fantasmales, llegó a las escaleras de piedra desgastadas y subió rumbo a la oscuridad. Carecía de luz, por lo que tanteaba el camino a seguir con las manos. Tras una curva en horquilla, notó una puerta cerrada por delante, y, después de tantear un poco, alcanzó el pestillo antiquísimo que tenía. Se abrió hacia dentro, y al otro lado vio un pasillo mal iluminado revestido por paneles de madera carcomidos.

Una vez que se encontró en la planta baja, Blake se dispuso a explorar a toda prisa. Ninguna de las puertas interiores estaba cerrada con llave, por lo que pudo pasar de sala en sala con total libertad. La nave colosal resultaba casi espeluznante, con sus montículos y montañas de polvo encima de los bancos cuadrados, del altar, del púlpito con forma de reloj de arena y el órgano, y sus tiras titánicas de telarañas se extendían entre los arcos puntiagudos de la galería y se entrecruzaban entre las agrupaciones de columnas góticas. Toda aquella desolación silenciosa quedaba teñida por una luz plomiza y horripilante conforme el descendiente sol vespertino lanzaba sus rayos a través de los paneles extraños y medio ennegrecidos de las enormes ventanas absidales.

A pesar de que los dibujos de dichas ventanas estaban tan ocultos tras el hollín que Blake no lograba descifrar lo que habían representado, por lo poco que captaba, supo que no eran de su agrado. Los diseños eran bastante convencionales, y lo que sabía sobre los símbolos de lo oculto le dio bastante información sobre algunos de los patrones antiguos. Los pocos santos que representaban tenían una expresión bastante censurable, mientras que una de las ventanas parecía mostrar tan solo un espacio oscuro con espirales de una luminosidad curiosa que lo rodeaban. Apartó la mirada de las ventanas y se percató de que la cruz con telarañas situada sobre el altar no era de un diseño común, sino que se asemejaba al anj primordial, la cruz ansada del sombrío Egipto.

En una sala de sacristía trasera junto al ábside, Blake halló un escritorio medio podrido y unas estanterías que llegaban hasta el techo, repletas de libros mohosos y en proceso de degradación. Allí fue cuando le llegó el primer atisbo de terror verdadero, pues los títulos de dichos libros indicaban su índole. Se trataba de los textos oscuros y prohibidos cuya existencia desconocerían la mayoría de las personas cuerdas, o que solo habían oído hablar de ellos en susurros furtivos y tímidos: los repositorios tan prohibidos como temidos llenos de secretos equívocos y fórmulas mágicas que se remontan a tiempos inmemoriales y que han sobrevivido al paso del tiempo desde la juventud de la humanidad, desde los días difusos y fantasiosos antes de la llegada de la humanidad en sí. Él mismo había leído varios de ellos: una versión en latín del aborrecido *Necronomicón*, el siniestro *Liber Ivonis*, el infame *Cultes des Goules* del Conde d'Erlette, el *Unaussprechlichen Kulten* de Von Junzt y el infernal *De Vermis Mysteriis* del viejo Ludvig Prinn. Sin embargo, en aquella estancia había libros que solo conocía por su reputación o que no le sonaban de nada: los Manuscritos Pnakóticos, el *Libro de Dzyan* y un ejemplar medio en ruinas que estaba escrito con unos caracteres imposibles de descifrar, aunque contenía ciertos símbolos y diagramas capaces de desatar escalofríos en Blake, conocedor de lo oculto. Estaba claro que los rumores de la zona no eran mentira: aquel lugar había sido la sede de un mal más antiguo que la humanidad, más vasto que el universo conocido.

Sobre el escritorio medio podrido yacía un pequeño cuaderno con cubierta de cuero que estaba lleno de entradas escritas en un extraño medio criptográfico. El manuscrito estaba formado por los símbolos tradicionales que se solían usar en la astronomía en aquellos tiempos y, antaño, en la alquimia, la astrología y otras artes de dudosa eficacia (los movimientos del sol, la luna, los planetas, los aspectos y los signos del zodíaco), y formaban páginas de texto sólidas, con divisiones y párrafos, por lo que daba a entender que cada símbolo se correspondía con una letra del alfabeto.

Con la esperanza de resolver el criptograma más adelante, Blake se metió el volumen en el bolsillo de la chaqueta. Muchos de los grandes tomos de las estanterías lo fascinaban en gran medida, por lo que se sintió tentado a volver por ellos en algún otro momento. Se preguntó cómo podía ser que hubieran permanecido allí durante tanto tiempo. ¿De verdad era la primera persona que dominaba el miedo intenso y persistente que había protegido aquel lugar abandonado durante casi sesenta años?

Tras haber explorado la planta baja en su totalidad, Blake volvió a abrirse paso a través del polvo de la nave espectral para dirigirse al vestíbulo delantero, donde había visto una puerta y unas escaleras que suponía que conducían a la torre y al campanario ennegrecidos, un lugar que tanto conocía desde la distancia. El ascenso fue asfixiante, pues todas las superficies estaban cubiertas de una gruesa capa de polvo, mientras que las arañas habían hecho de las suyas en aquel lugar más angosto. Se trataba de una escalera en espiral, con peldaños de madera altos y estrechos, y de vez en cuando Blake pasaba por delante de una ventana empañada con vistas borrosas hacia la ciudad. A pesar de que no había visto ninguna cuerda abajo, esperaba encontrarse una o varias campanas en la torre cuyas ventanas estrechas, puntiagudas y tapiadas con listones había observado tan a menudo con sus binoculares. Sin embargo, lo que halló fue toda una decepción, pues, cuando alcanzó la parte más alta de las escaleras, no vio ninguna campana en aquella cámara, la cual claramente estaba destinada a un propósito muy distinto.

La estancia, de poco menos de unos cuatro metros cuadrados, recibía una iluminación tenue por parte de cuatro ventanas con forma de lanza, una en cada pared, empañadas detrás de los tablones de madera podridos que las tapiaban. Además, les habían colocado unas celosías estrechas y opacas, aunque la podredumbre ya había causado estragos en ellas. En el suelo del centro de la sala, cubierto de polvo, se erguía un pilar de piedra de ángulos curiosos, de poco más de un metro de alto y de medio metro de diámetro, cubierto en cada lado por unos jeroglíficos extraños, tallados de forma burda y absolutamente irreconocibles. Sobre el pilar reposaba una caja metálica cuya forma asimétrica resultaba un tanto peculiar; su tapa con bisagras estaba abierta y contenía lo que, debajo del polvo de las décadas, parecía ser un objeto con forma de huevo o de esfera irregular de unos diez centímetros de diámetro. Dispuestas en torno al pilar, en una suerte de círculo, había siete sillas góticas de respaldo alto que permanecían bastante intactas, mientras que, detrás de ellas, por las paredes de paneles oscuros, había siete imágenes colosales hechas de yeso pintado de negro que se desmoronaba y que se parecían sobre todo a los megalitos crípticos y tallados de la misteriosa isla de Pascua. En un rincón de aquella cámara plagada de telarañas había una escalera de mano pegada a la pared que conducía a la trampilla cerrada del campanario sin ventanas que había más arriba.

Conforme a Blake se le acostumbraba la vista a la luz tenue de la sala, se percató de la presencia de unos bajorrelieves insólitos en la extraña caja de metal amarillento abierta. Se acercó a ella e intentó quitar el polvo con las manos y un pañuelo, de modo que acabó viendo que las siluetas que representaba eran de una especie monstruosa y totalmente alienígena: unas entidades que, a pesar de parecer vivas, no se asemejaban a ninguna criatura que jamás hubiera existido en el planeta. Aquel objeto esférico de unos diez centímetros de diámetro resultó ser un poliedro casi negro, con estrías rojas y numerosas superficies planas e irregulares; o bien era un impresionante cristal de algún tipo o un objeto artificial tallado a partir de una piedra mineral muy pulida. No tocaba el fondo de la caja, sino que estaba suspendido mediante un aro metálico que lo rodeaba por el centro, con siete soportes de diseño estrambótico que se extendían en horizontal hacia los ángulos de la cara interior de la caja, cerca de la parte superior. Aquella piedra, una vez que la vio, despertó una fascinación en Blake que resultaba casi alarmante. No podía apartar la mirada de ella, y, conforme observaba sus caras relucientes, le llegó a parecer que era transparente y que contenía unos mundos fantasiosos a medio formar. En su mente aparecieron imágenes de orbes alienígenas con grandes torres de piedra, seguidos de otros orbes con montañas titánicas y carentes de vida y luego de lugares más lejanos en los que el movimiento más mínimo en una oscuridad difusa indicaba la presencia de una conciencia, de una voluntad.

Cuando al fin apartó la mirada, se percató de un montículo de polvo de forma singular en el rincón más cercano a la escalera que daba al campanario. A pesar de que no tenía claro por qué le llamó la atención, los contornos del montículo tenían algo que le transmitía un mensaje a su subconsciente. Según despejaba el polvo y apartaba las telarañas que colgaban por doquier, empezó a discernir una forma macabra. Con la mano y un pañuelo, no tardó en desvelar la verdad, y Blake ahogó un grito con una sorprendente mezcla de emociones. Se trataba de un esqueleto humano que debía de llevar allí muchísimo tiempo. Si bien su vestimenta estaba hecha jirones, algunos botones y fragmentos de tela indicaban que era un traje gris de hombre. Había además más pruebas: zapatos, hebillas metálicas, gemelos enormes, un alfiler de un diseño que ya había caído en el olvido, una chapa de periodista con el nombre del antiguo *Providence Telegram* y una cartera de cuero medio en ruinas. Blake examinó este último objeto con sumo cuidado, y en su interior encontró varios billetes antiguos, un calendario publicitario de 1893, varias tarjetas con el nombre «Edwin M. Lillibridge» y un papel cubierto de anotaciones a lápiz.

Aquel documento era de una naturaleza desconcertante, y Blake lo leyó detenidamente ante la luz tenue de la ventana occidental. El texto inconexo incluía frases como:

«El profesor Enoch Bowen vuelve de Egipto en mayo de 1844 y adquiere la vieja iglesia Free-Will en julio. Su trabajo como arqueólogo y sus investigaciones sobre lo oculto son de todos conocidos».

«El doctor Drowne de la cuarta iglesia baptista se muestra en contra de la Sabiduría de las Estrellas en el sermón del 29 de diciembre de 1844.»

«97 feligreses para finales de 1845.»

«Tres desapariciones en 1846; primera mención al Trapezoedro Resplandeciente.»

«Siete desapariciones en 1848; se propagan los rumores sobre los sacrificios de sangre.»

«La investigación de 1853 no llega a ninguna conclusión, solo hay rumores de ruidos extraños.»

«El padre O'Malley habla del culto al diablo en relación a la caja hallada en las ruinas egipcias y afirma que invocan a un ser que no puede existir en la luz. Que huye ante una luz débil y que queda desterrado ante una luz fuerte, tras lo cual se le debe invocar de nuevo. Lo más seguro es que llegara a esa información mediante la confesión en el lecho de muerte de Francis X. Feeney, quien se había incorporado a la Sabiduría de las Estrellas en 1849. Los miembros de la secta afirman que el Trapezoedro Resplandeciente les muestra el cielo y otros mundos, y que el morador de las tinieblas les cuenta secretos.»

«Relato de Orrin B. Eddy en 1857: invocan al ser al mirar al cristal y cuentan con un idioma secreto.»

«Congregación de doscientos miembros o más en 1863, solo varones al frente.»

«Los muchachos irlandeses irrumpen en la iglesia en 1869 después de que desapareciera Patrick Regan.»

«Artículo velado en el *Providence Journal* el 14 de marzo de 1872, pero nadie habla de él.»

«Seis desapariciones en 1876. Un comité secreto recurre al alcalde Doyle.»

«Se promete pasar a la acción en febrero de 1877. Clausuran la iglesia en abril.»

«Una panda de matones formada por muchachos de Federal Hill amenazan al doctor y a los miembros de la junta parroquial en mayo.»

«181 personas abandonan la ciudad antes de finales de 1877. No se menciona ningún nombre.»

«Los rumores sobre los fantasmas comienzan alrededor de 1880. Debo intentar averiguar si es verdad que ningún ser humano ha entrado en la iglesia desde 1877.»

«Tengo que pedirle a Lanigan la fotografía que se tomó del lugar en 1851.»

Tras volver a meter el papel en la cartera y guardársela en la chaqueta, Blake se volvió para mirar el esqueleto cubierto de polvo. Lo que insinuaban las notas estaba más que claro, y no cabía duda de que aquel hombre se había colado en el edificio abandonado hacía cuarenta y dos años en busca de un buen artículo para el periódico que nadie se había atrevido a investigar. Quizá nadie había sabido de su plan; le era imposible saber qué había sucedido. Fuera como fuese, el hombre no había vuelto nunca a su periódico. ¿Acaso el terror que había superado con valentía había vuelto a surgir en él para acabar dándole un infarto? Blake se agachó junto a los huesos relucientes y se percató de que se encontraban en un estado peculiar. Algunos de ellos estaban muy desperdigados, mientras que otros parecían tener las puntas disueltas. Otros más habían adquirido un extraño tono amarillento, con algunos indicios difusos de que se habían quemado. Las partes chamuscadas se extendían hasta algunos jirones de ropa. El cráneo era lo más insólito de todo: con manchas amarillas y una abertura chamuscada en la parte superior, como si un ácido muy potente hubiera carcomido el hueso. Blake no se podía ni imaginar lo que le había ocurrido a aquel esqueleto durante las cuatro décadas que había pasado enterrado bajo el polvo y en silencio.

Antes de darse cuenta de lo que hacía, volvió a mirar hacia la piedra y dejó que su influencia curiosa invocara una procesión nebulosa en su mente. Vio un desfile de formas con túnica y capucha cuya silueta no era de aspecto humano y observó las leguas infinitas de desierto delineadas con monolitos tallados que rozaban el firmamento. Vio torres y murallas sumidas en las tenebrosas profundidades del mar, vórtices del espacio en los que una niebla negra flotaba ante una bruma difusa y brillante de color morado azulado. Y, detrás de todo ello, atisbó un abismo de oscuridad infinita, donde unas siluetas sólidas y semisólidas solo se percibían por su movimiento similar al viento, donde unos patrones de fuerzas borrosas parecían imponer el orden sobre el caos y sostener una clave para todas las paradojas y elementos arcanos de los mundos que conocemos.

Y entonces todo desapareció de sopetón, quebrado por un pánico indeterminado que lo carcomía. Blake se atragantó y apartó la mirada de la piedra, consciente de que una presencia alienígena sin forma estaba cerca de él y lo vigilaba con una atención terrible. Le dio la sensación de que estaba atado a algo, a algo que no estaba en la piedra, sino que lo había visto a través de ella, a algo que iba a seguirlo sin descanso con una cognición que no provenía de la vista física. Estaba claro que el lugar lo estaba poniendo de los nervios, lo cual le parecía normal, dado lo que había encontrado allí. La luz del sol estaba desapareciendo también, y, como no había llevado consigo nada con lo que iluminar la estancia, sabía que iba a tener que marcharse dentro de poco.

Fue entonces, bajo el crepúsculo creciente, que creyó ver un leve atisbo de luminosidad en aquella piedra de ángulos irregulares. Si bien había intentado no mirarla más, alguna compulsión desconocida atrajo su atención. ¿Había una fosforescencia de radioactividad sutil en el objeto? ¿Qué era lo que la nota del difunto había dicho sobre un «Trapezoedro Resplandeciente»? Y lo que era más importante de todo: ¿qué era aquella guarida abandonada del mal cósmico? ¿Qué había acontecido en aquel lugar y qué podía seguir acechando en aquellas sombras repudiadas por las aves? Le parecía que el elusivo roce de la podredumbre se había alzado en algún lugar cercano, aunque no lograba encontrar el origen. Blake asió la tapa de la caja abierta y la bajó con fuerza. La tapa se movió con facilidad en sus bisagras alienígenas y se cerró por completo sobre la piedra, que ya brillaba sin lugar a dudas.

Junto con el chasquido seco de la caja al cerrarse, un ligero sonido de movimiento pareció dar comienzo en la oscuridad eterna del campanario que tenía encima, al otro lado de la trampilla. Ratas, sin duda, pues eran las únicas criaturas con vida que habían revelado su presencia en aquel edificio maldito desde que había entrado en él. Y, aun así, aquel movimiento del campanario lo aterró a más no poder, por lo que bajó por las escaleras en espiral como alma que lleva el diablo, presa del pánico, atravesó la nave siniestra, se dirigió al sótano abovedado y salió al anochecer creciente de la plaza desierta para cruzar los callejones y avenidas de Federal Hill, repletos y asediados por el miedo, hacia la cordura de las calles centrales y de las aceras de ladrillo del distrito universitario que le parecían su hogar.

Durante los días siguientes a su incursión en la

iglesia, Blake no se lo contó a nadie. En su lugar, se sumió por completo en ciertas lecturas, examinó años de registros periodísticos en el centro y se esforzó con sumo fervor para descifrar el criptograma de aquel volumen de cuero de la sacristía llena de telarañas. El cifrado, según vio, no era nada simple, y, tras un largo periodo de empeño, tuvo por seguro que el idioma no podía ser inglés, latín, griego, francés, español, italiano ni alemán. No le cupo la menor duda de que iba a tener que echar mano de los pozos más profundos de su extraña erudición.

Cada noche volvía aquel impulso de contemplar al oeste, con lo que veía el campanario negro como en las ocasiones anteriores, entre los tejados puntiagudos de un mundo distante y medio extraído de la fantasía. Sin embargo, en aquellos momentos lo veía sumido en un nuevo terror: conocía la historia del mal que enmascaraba, y, con ese conocimiento, la visión que el lugar le presentaba se retorcía de formas extrañas. Las aves de la primavera regresaban de su migración, y, conforme las observaba volar a la luz del ocaso, le dio la sensación de que evitaban aquella torre adusta y solitaria más que nunca. Cuando una bandada se acercaba, creía que iba a desperdigarse en una maraña de aves agitadas, sumidas en la confusión y el pánico, y se imaginaba los graznidos salvajes que no le llegaban por los kilómetros que lo separaban del lugar.

Fue en junio que el diario de Blake pasó a hablar de que por fin había logrado subyugar el criptograma. El texto, según descubrió, estaba escrito en el sombrío idioma aklo, uno que empleaban algunos cultos del mal antiguos y del que él tenía ciertos conocimientos gracias a investigaciones previas. Por alguna razón, el diario se muestra bastante reticente a la hora de describir lo que descifró Blake, pero deja claro que su dueño se asombró y se desconcertó a partes iguales por el resultado. Hay referencias a un morador de las tinieblas que se despierta cuando alguien clava la vista en el Trapezoedro Resplandeciente, además de conjeturas descabelladas sobre los oscuros abismos del caos de donde procedía. Se menciona que esa criatura alberga todo el conocimiento y que exige unos sacrificios monstruosos. Algunas de las entradas de Blake muestran el miedo que tenía a que ese ser, que parecía que él entendía como que ya estaba invocado, campara a sus anchas, aunque añade que las farolas forman un baluarte que no es capaz de cruzar.

Del Trapezoedro Resplandeciente sí que habla a menudo y afirma que es una ventana hacia todo el tiempo y el espacio, que su historia data de los días en los que se fabricó en el oscuro Yuggoth, antes de que los Antiguos lo llevaran a la tierra. Las criaturas crinoideas de la Antártida lo custodiaron como un tesoro y lo colocaron en aquella caja tan curiosa, los hombres serpiente de Valusia lo encontraron en sus ruinas, y, eones más tarde, los primeros seres humanos lo vieron en Lemuria. El Trapezoedro atravesó tierras extrañas y mares que lo eran más aún hasta hundirse con la Atlántida antes de que un pescador minoico lo atrapara en su red y lo vendiera a mercaderes morenos del oscuro Kemet. El faraón Nefrén-Ka construyó un templo a su alrededor, con una cripta sin ventanas, e hizo aquello que provocó que borraran su nombre de todos los monumentos y registros. Y entonces el Trapezoedro durmió en las ruinas de aquel templo maligno que los sacerdotes y el nuevo faraón destruyeron, hasta que la pala de un arqueólogo volvió a desenterrarlo, con lo que pudo maldecir a la humanidad una vez más.

A principios de julio, resulta sorprendente que los periódicos complementaran las entradas del diario de Blake, aunque de un modo tan breve y sin importancia que solo el diario ha conseguido llamar la atención hacia su contribución. Parece que un nuevo miedo había brotado en Federal Hill desde que un desconocido se había aventurado a entrar a aquella temida iglesia. Los italianos mencionaban haber oído ruidos, golpes y roces en el campanario oscuro y sin ventanas y acudieron a sus sacerdotes para que desterraran a una entidad que los acechaba en sueños. Algo, según decían, los acechaba en todo momento desde el otro lado de una puerta para ver si la estancia estaba lo bastante oscura como para avanzar. Los artículos de la prensa hacían hincapié en las supersticiones del lugar que se remontaban a mucho tiempo atrás, mas no explicaban mucho el trasfondo de aquel horror. Estaba claro que los periodistas jóvenes de la época no tenían madera de historiadores. Al escribir sobre todo ello en su diario, Blake expresa un arrepentimiento peculiar y afirma que es su deber enterrar el Trapezoedro Resplandeciente y permitir que la luz del día roce aquella cumbre horripilante para expulsar a aquello que invocó. Al mismo tiempo, sin embargo, demuestra hasta qué punto se extiende su fascinación y admite experimentar una añoranza mórbida que lo invade incluso en sueños y le da ganas de visitar aquella torre maldita para volver a ver los secretos cósmicos que entrañaba la piedra brillante.

Hasta que, el 17 de julio, un artículo del *Providence Journal* provocó que el autor del diario se sumiera en una verdadera crisis de terror. Si bien no era nada más que una variante de otros artículos medio jocosos sobre la inquietud reinante en Federal Hill, a Blake le pareció muy terrible de todos modos. La noche anterior, una tormenta había desactivado el sistema de electricidad de la ciudad durante una hora entera, y en aquel intervalo sombrío anterior al alba los italianos habían sido presa del mayor terror concebido. Quienes vivían más cerca de aquella temida iglesia habían jurado que la criatura del campanario se había aprovechado de la ausencia de farolas para descender a la iglesia propiamente dicha y que había paseado dando tumbos con unos ruidos aterradores y viscosos. Hacia el final de la hora, había subido a trompicones por la torre, donde oyeron el ruido de un cristal al romperse. Podía ir allá adonde llegara la oscuridad, pero la luz siempre lo hacía huir.

Cuando la corriente eléctrica se restableció, oyeron un estruendo tremendo en la torre, porque incluso la débil luz que se colaba por las ventanas tapiadas y ennegrecidas por la mugre era demasiado para la criatura. Se arrastró con torpeza hasta subir a su campanario tenebroso justo a tiempo, pues una larga dosis de luz la habría mandado de vuelta al abismo del que aquel loco lo había invocado. Durante la hora oscura, varias personas se habían juntado para rezar en torno a la iglesia, bajo la lluvia, con velas y lámparas encendidas y protegidas bajo papeles doblados y paraguas: un escudo de luz para salvar a la ciudad de la pesadilla que acechaba en las tinieblas. En una ocasión, según declararon los que estuvieron más cerca de la iglesia, la puerta exterior se había puesto a traquetear con un gran fragor.

Sin embargo, ni siquiera eso fue lo peor. Aquella noche, Blake leyó en el *Evening Bulletin* lo que los periodistas habían descubierto. Atraídos por fin por el valor cómico de la noticia sobre el miedo que habían pasado aquella noche, dos periodistas habían desafiado al gentío frenético que formaban los italianos y se habían colado en la iglesia a través de la ventana del sótano después de que las puertas hubieran demostrado estar cerradas a cal y canto. Encontraron el polvo del vestíbulo y de la nave espectral removido de un modo extraño, además de pilas de cojines podridos y de relleno de bancos suave desperdigado por doquier. Un hedor impregnaba el ambiente, y en ciertos lugares vieron unas manchas amarillas y unos tramos que parecían chamuscados. Al abrir la puerta que conducía a la torre y detenerse un segundo al oír un ruido sospechoso sobre ellos, vieron que las escaleras en espiral estrechas estaban limpias.

La torre en sí se encontraba en el mismo estado a medio recoger. Hablaron del pilar de piedra heptagonal, de las sillas góticas volcadas y de las extrañas imágenes del yeso; aunque, por alguna razón desconocida, no mencionaron la caja metálica ni el esqueleto viejo y mutilado. Lo que más perturbó a Blake (además de la mención a las manchas, los tramos chamuscados y el mal olor) fue el último detalle, el que explicó el origen del ruido del cristal al hacerse añicos. Cada una de las ventanas en punta de la torre estaba rota, y dos de ellas habían quedado tapiadas de un modo burdo y apresurado mediante el relleno de los bancos y el pelo de caballo de los cojines para cubrir los espacios entre los tablones exteriores. Más fragmentos de relleno y de pelo de caballo estaban tirados por el suelo medio barrido, como si a alguien lo hubieran interrumpido mientras devolvía la oscuridad absoluta a la torre, la que había tenido en sus días de cortinas tupidas.

También encontraron las manchas amarillentas y chamuscadas en la escalera que conducía al campanario sin ventanas; sin embargo, cuando uno de los periodistas subió, deslizó la trampilla para abrirla e iluminó aquel espacio oscuro y fétido con un débil haz de su linterna, no vio nada más que oscuridad y una pila heterogénea de fragmentos sin forma cerca de la entrada. El veredicto que alcanzaron, por supuesto, fue que todo se trataba de paparruchas. Alguien les había gastado una broma pesada a los supersticiosos habitantes de la colina, o bien algún fanático había pretendido acrecentar el miedo reinante por su propio bien. También era posible que alguno de los habitantes más jóvenes y sofisticados del lugar hubiera organizado una farsa elaborada de cara al mundo exterior. Se produjo una conclusión muy entretenida cuando la policía mandó a un agente para verificar las historias: tres hombres encontraron un modo de evadir la tarea, y el cuarto accedió muy a regañadientes y volvió casi de inmediato sin añadir nada más a lo que afirmaban los periodistas.

Desde aquel momento, el diario de Blake muestra una marea creciente de terror insidioso y aprensión nerviosa. Se fustiga por no haber hecho algo y especula sin cesar sobre las posibles consecuencias de que se produjera otro apagón. Se ha verificado que en tres ocasiones (durante las tormentas) llamó a la empresa eléctrica, nervioso, para pedir con suma desesperación que tomaran precauciones para impedir otro lapso en la corriente. De vez en cuando, sus entradas mencionan que estaba preocupado al ver que los periodistas no habían hallado la caja metálica con su piedra, además del esqueleto antiguo y deteriorado, durante su exploración por la sombría estancia de la torre. Se imaginaba que alguien se lo había llevado todo, solo que no quería ni pensar adónde, quién o qué lo había hecho. Sin embargo, su mayor miedo lo dedicaba hacia sí mismo, hacia el entendimiento impío que creía sentir entre su mente y el horror que acechaba en el lejano campanario, aquel ser monstruoso de la noche que, por su descuido, había sacado de los espacios más oscuros del universo. Creía notar un tirón a su voluntad en todo momento, y las personas que lo visitaron durante aquella época recuerdan que se quedaba sentado delante de su escritorio con la mirada perdida en la ventana que daba al oeste, hacia aquella colina llena de chapiteles que se asomaba por encima del humo arremolinado de la ciudad. Sus entradas se centran sin cesar en los sueños terribles que experimentó, en que, cuando dormía, crecía aquella conexión impía. Menciona que una noche se despertó y vio que estaba fuera de casa, completamente vestido, y que se dirigía sin pensar por College Hill en dirección al oeste. Una y otra vez hace hincapié en que la criatura del campanario sabía dónde encontrarlo.

La semana siguiente al 30 de julio se recuerda como el momento en el que se produjo la crisis parcial de Blake. No se vistió y pidió toda la comida que necesitaba por teléfono. Sus visitas comentaron las cuerdas que tenía cerca de la cama, y él afirmaba que el sonambulismo lo había obligado a atarse los tobillos cada noche con unos nudos que resistieran bastante o que fueran tan complicados de desatar que el proceso terminara por despertarlo.

En su diario hablaba de la horrible experiencia que había desencadenado la crisis. La noche del 30 de julio, tras acostarse, se encontró de repente tanteando en un espacio casi a oscuras. Lo único que alcanzaba a ver eran unos haces de luz azulada cortos, breves y horizontales, aunque captaba un hedor sobrecogedor y oía una mezcolanza curiosa de ruidos leves y furtivos por encima de él. Allá adonde se moviera se tropezaba con algo, y cada ruido que hacía se veía correspondido por uno de encima, un movimiento lento mezclado con el roce de la madera sobre la madera.

En una ocasión, encontró un pilar de piedra que no contenía nada encima, mientras que más adelante acabó aferrando los peldaños de una escalera de pie incorporada a la pared. Despacio por la visibilidad nula, subió hasta alcanzar una estancia en la que la peste se tornaba más intensa y un calor sofocante y abrasador se cernía sobre él. Ante él se movía un abanico de imágenes fantasmales y caleidoscópicas que se disolvían a distintos intervalos para formar la imagen de un abismo de la noche colosal e insondable, donde giraban los soles y los planetas en una oscuridad incluso más sombría. Pensó en las antiguas leyendas del Caos Esencial, en cuyo centro deambula un dios ciego y estúpido, Azathoth, el Señor de Todas las Cosas, rodeado de su horda de bailarines descerebrados y amorfos, adormecido por el leve sonido monótono de una flauta demoníaca empuñada en unas zarpas desconocidas.

Entonces un estrépito seco del mundo exterior lo sacó de su estupor y lo hizo ver el terror impronunciable de su posición. Nunca supo qué fue el ruido: tal vez un tañido rezagado de los fuegos artificiales que habían sonado en Federal Hill durante todo el verano, conforme los habitantes alababan a sus distintos santos o a los de sus aldeas natales en Italia. Fuera como fuese, soltó un gran grito, bajó por la escalera a toda prisa y recorrió casi a ciegas el suelo lleno de obstáculos de la estancia mal iluminada en la que había despertado.

Supo al instante dónde se encontraba y descendió por la escalera en espiral angosta sin mirar por dónde iba, por lo que se tropezó y se dio golpes en todo momento. Huyó como sumido en una pesadilla a través de la nave llena de telarañas cuyos arcos espectrales se alzaban hacia los reinos de las sombras que de él se mofaban, cruzó el sótano plagado de objetos sin ver nada, ascendió al aire fresco y a las farolas del exterior y pasó a toda prisa por una colina espectral llena de hastiales, por una ciudad lúgubre y silenciosa repleta de torres negras, hasta subir por el escarpado precipicio oriental que daba a su puerta antigua.

A la mañana siguiente, al despertar, apareció tumbado en el suelo de su estudio, completamente vestido. Estaba cubierto de tierra y de telarañas y le dolía el cuerpo entero, el cual tenía lleno de moretones. Cuando se miró al espejo, vio que tenía el cabello chamuscado, mientras que el rastro de un hedor extraño y maligno se pegaba a su capa exterior de ropa. Fue entonces que se sumió en una crisis nerviosa. Después de aquello, tumbado y agotado con su bata para dormir, no hizo mucho más que quedarse mirando al exterior desde la ventana que daba al oeste, temblando por la amenaza de cada trueno y redactando las entradas más desquiciadas de su diario.

La gran tormenta se desató justo antes de la medianoche el 8 de agosto. Los rayos cayeron sin cesar por toda la ciudad, y los habitantes del lugar mencionaron haber presenciado dos bolas de fuego impresionantes. Fue una lluvia torrencial, y una fusilada constante de truenos sacó a miles de personas de sus sueños. Blake se puso más frenético que nadie por miedo a lo que pudiera ocurrir con el sistema de electricidad e intentó llamar a la empresa alrededor de la una de la madrugada, aunque para aquel entonces habían cortado el suministro de forma temporal en aras de la seguridad. Lo registró todo en su diario: los jeroglíficos grandes, nerviosos y a menudo indescifrables que contaban su propia historia con cada vez mayor frenesí y desesperación; las entradas garabateadas a oscuras.

Tenía que mantener la casa a oscuras para poder ver por la ventana, y parece que pasó la mayor parte del tiempo sentado delante de su escritorio, escudriñando nervioso a través de la lluvia, hacia los relucientes kilómetros de tejados del centro y la constelación de luces distantes que indicaban la presencia de Federal Hill. De vez en cuando anotaba una entrada en su diario a tientas, y frases tan inconexas como «No se pueden apagar las luces», «Sabe dónde estoy», «Tengo que destruirlo» y «Me llama, pero quizá esta vez no quiera hacerme daño» se encuentran desperdigadas en dos de las páginas del cuaderno.

Entonces las luces se apagaron por toda la ciudad. Sucedió a las 02:12 a. m., según los registros de la compañía eléctrica, aunque el diario de Blake no indica la hora. La entrada se limita a decir «Se ha ido la luz. Que Dios me ayude». En Federal Hill surgieron unos vigilantes tan nerviosos como él, grupos de hombres empapados por la lluvia que recorrían la plaza y los callejones cercanos a la iglesia del mal con velas protegidas por paraguas, linternas eléctricas, lámparas de aceite, crucifijos y varios amuletos extravagantes de los que usaban al sur de Italia. Daban las gracias a Dios por cada relámpago y hacían un gesto de miedo críptico con la mano derecha cuando la tormenta fue amainando, con lo que los relámpagos disminuyeron en frecuencia hasta que cesaron del todo. Un vendaval cada vez más intenso apagó la mayoría de las velas, de modo que la escena se sumió en una oscuridad amenazadora y creciente. Alguien fue a despertar al padre Merluzzo de la iglesia Spirito Santo, y el sacerdote cruzó la plaza funesta para pronunciar cualquier sílaba que creyera que fuera a ser de ayuda. En cuanto a los ruidos curiosos e intranquilos que procedían de la torre ennegrecida, ya no cabía la menor duda.

Sobre lo que sobrevino a las 02:35 a. m. contamos con el testimonio del sacerdote, una persona joven, inteligente y bien educada; del policía de patrulla William J. Monahan de la comisaría central, un agente de confianza que había hecho una pausa durante su turno de guardia para ver qué afligía al gentío, y de la mayoría de los setenta y ocho hombres que se habían reunido en torno al muro en el que reposaba la iglesia, en especial de aquellos que estaban en la plaza, desde donde se veía la fachada oriental. Claro que no hubo nada que pudieran demostrar que fuera ajeno al orden de la madre naturaleza, y las causas posibles para que sucediera algo como aquello son muchas y variopintas. Nadie puede afirmar a ciencia cierta qué procesos químicos desconocidos se generan en un edificio vasto, antiguo, mal ventilado y abandonado cuyo contenido es heterogéneo. Vapores mefíticos, combustiones espontáneas, la presión de los gases provocados por una larga podredumbre... Cualquiera de ese número incontable de fenómenos podría haber sido el responsable. Además, tampoco se puede descartar el factor de que todo se debiera a una artimaña deliberada, desde luego. El suceso en sí fue bastante simple y duró menos de tres minutos; el padre Merluzzo, preciso como él solo, no dejaba de consultar el reloj que llevaba.

Comenzó con un aumento perceptible de los ruidos secos que indicaban movimiento y sonaban en el interior de la torre negra. Durante un tiempo se había producido una tenue exhalación de los hedores extraños y malignos que procedían de la iglesia, y en aquellos momentos la expulsión de aire se tornó más enfática y ofensiva. Unos instantes más tarde, oyeron el ruido de la madera al partirse, y un objeto grande y pesado cayó al patio que había bajo la lúgubre fachada oriental. Si bien la torre se había vuelto invisible por culpa de las velas que no podían encender, conforme el objeto se iba acercando al suelo, los lugareños supieron que se trataba de los tablones de madera manchados por el humo que tapiaban la ventana este de la torre.

Inmediatamente después, un hedor más insoportable que ningún otro surgió de aquella cumbre imposible de ver para asfixiar y revolverles las tripas a quienes vigilaban el lugar, temblorosos, y casi llegó a hacer que los de la plaza perdieran el conocimiento. Al mismo tiempo, el aire tembló con una vibración similar a la de un aleteo, y una ráfaga de viento del este, repentina y más violenta que ninguna de las anteriores, les arrancó los sombreros y los paraguas a los allí presentes. No se veía nada definido en aquella noche sin velas, aunque algunos de los espectadores que alzaron la vista creyeron atisbar una gran mancha tenebrosa más densa que se esparcía en el firmamento oscuro como la tinta, algo similar a una nube de humo sin forma que se dirigía al este a una velocidad meteórica.

Y eso fue todo. Los vigilantes estaban medio atontados por el miedo, el asombro y la incomodidad, por lo que no sabían qué hacer ni si debían hacer algo siquiera. Al desconocer lo que había ocurrido, no bajaron la guardia, y unos instantes más tarde lanzaron una plegaria al tiempo que el destello tardío de un relámpago, seguido de un ruido ensordecedor, partía el firmamento inundado. Media hora más tarde, el cielo escampó, y, tras quince minutos más, las farolas se encendieron de nuevo, con lo que los vigilantes, cansados y desaliñados, suspiraron de alivio al poder volver a casa.

Los periódicos del día siguiente apenas mencionaron lo acaecido, más allá de hablar de las noticias generales sobre la tormenta. Parece que el enorme destello y la explosión ensordecedora que se desataron tras lo acaecido en Federal Hill fueron incluso más graves al este, donde también se notó aquel hedor singular. El fenómeno fue más marcado sobre College Hill, donde el estruendo despertó a todo el vecindario y generó una frenética serie de hipótesis. De aquellos que ya habían estado despiertos, solo contadas personas se percataron del destello anómalo que se produjo cerca de la cumbre de la colina o notaron la inexplicable ráfaga de viento que surgía hacia arriba y que casi arrancó las hojas de los árboles y destrozó las plantas de los jardines. Todos estuvieron de acuerdo en que aquel rayo solitario y repentino debía de haber caído en algún lugar del barrio, aunque no encontraron ningún efecto que hubiera causado. Un joven de la fraternidad Tau Omega creyó ver una masa de humo grotesca y horripilante en el aire justo cuando todo quedó iluminado por el relámpago preliminar, pero no se ha podido verificar su observación. Todos esos pocos testigos, sin embargo, se muestran de acuerdo en la presencia del vendaval violento del oeste y del hedor nauseabundo que precedieron al rayo tardío, mientras que las pruebas que hablan de un olor a quemado momentáneo después de que cayera el rayo también son generalizadas.

Todo ello se discutió con sumo cuidado, por la probable conexión que guardaba con la muerte de Robert Blake. Los alumnos de la fraternidad Psi Delta, cuyas ventanas traseras de la planta superior daban al estudio de Blake, se percataron del rostro pálido y borroso que había al otro lado de la ventana occidental durante la mañana del día 9 y se preguntaron a qué vendría aquella expresión. Cuando vieron el mismo rostro en la misma posición aquella misma noche, se preocuparon y esperaron a ver si las luces se encendían en la vivienda. Más tarde, llamaron al timbre de aquel piso a oscuras, hasta que tuvieron que recurrir a un agente de policía para que forzara la puerta.

El cadáver rígido estaba sentado delante del escritorio junto a la ventana, y, cuando los intrusos vieron aquellos ojos vidriosos y saltones, además del rastro de un miedo intenso y convulsivo en el gesto torcido del hombre, apartaron la mirada, asqueados. Poco después, el médico forense examinó el cadáver, y, a pesar de que la ventana estaba intacta, declaró que había fallecido a causa de una descarga eléctrica o de la tensión nerviosa provocada por ella. La expresión horripilante la pasó por alto, pues la consideró un resultado probable del susto profundo experimentado por una persona con una imaginación extraña y unas emociones desequilibradas. Dedujo aquellos últimos rasgos a partir de los libros, cuadros y manuscritos que halló en la vivienda, además de por las entradas garabateadas a ciegas que había en el diario del escritorio. Blake había prolongado su escritura frenética hasta el último aliento, de modo que lo encontraron aferrando el lápiz de punta rota con la mano derecha, contraída por los espasmos.

Las entradas posteriores a que se fuera la luz eran más inconexas que las demás y solo legibles en parte. A partir de ellas, varios investigadores han llegado a conclusiones que difieren mucho del discreto veredicto oficial, pero dichas especulaciones no tienen muchas posibilidades de llegar a buen puerto entre los más conservadores. A lo que defienden esos teóricos de imaginación tan viva tampoco lo ayuda el acto que cometió el supersticioso doctor Dexter, quien arrojó la caja curiosa y la piedra angulada (un objeto que se iluminaba por sí solo igual que en el campanario oscuro y sin ventanas en el que lo habían encontrado) al canal más profundo de la bahía Narragansett. Una imaginación excesiva y un desequilibrio neurótico por parte de Blake, agravado por el conocimiento sobre un culto maligno ya erradicado cuyo rastro había desentramado, forman la interpretación dominante dada a los últimos garabatos del diario. A continuación, se reproducen dichas entradas; lo que se puede entender de ellas, al menos.

«Todavía no hay luz; tienen que haber transcurrido cinco minutos ya. Todo depende de los relámpagos. Que Yaddith le otorgue fuerza a la tormenta... Una influencia parece atravesarla... La lluvia y los truenos y el viento son ensordecedores... La criatura se apodera de mi mente...»

«Me cuesta recordar las cosas. Soy testigo de lugares cuya existencia desconocía. Otros mundos y otras galaxias... La oscuridad... Los relámpagos parecen oscuros; la oscuridad, iluminada...»

«No puede ser la colina y la iglesia de verdad lo que veo en la oscuridad absoluta. Debe de tratarse de la impresión retinal que dejan los destellos. ¡Que el cielo permita que los italianos hayan salido con sus velas si dejan de caer rayos!»

«¿Qué me da miedo? ¿Acaso no es una encarnación de Nyarlathotep, quien en el antiguo y sombrío Kemet adoptó la forma de un hombre? Recuerdo Yuggoth, y Shaggai, más distante, y el vacío final de los planetas oscuros...»

«El viaje largo y arduo a través del vacío... no puede cruzar el universo de la luz... se reforma en los pensamientos atrapados en el Trapezoedro Resplandeciente... atraviesa los horribles abismos del resplandor...»

«Me llamo Blake, Robert Harrison Blake, del número 620 de la calle East Knapp, en Milwaukee, Wisconsin... Estoy en este planeta...»

«¡Que Azathoth se apiade de mí! Es horrible, han dejado de caer los rayos, y lo veo todo con una sensación monstruosa que no es la vista..., la luz es la oscuridad, la oscuridad es la luz... Las personas de la colina... protegen... velas y amuletos... sus sacerdotes...»

«He perdido la noción de la distancia; lo que está cerca está lejos, lo que está lejos, cerca. No hay luz, no hay cristal, veo el campanario, la torre, la ventana; oigo... Roderick Usher; estoy loco o me vuelvo loco. La criatura se mueve y se retuerce en la torre, somos la misma entidad, quiero salir... Tengo que salir y unificar las fuerzas... Sabe dónde estoy...»

«Soy Robert Blake, pero veo la torre en la oscuridad. Hay un hedor monstruoso... Los sentidos se transfiguran... Los tablones que tapian la ventana de la torre se resquebrajan y ceden... Iä... ngai... ygg...»

«Lo veo; viene hacía aquí, un viento infernal, una nube titánica, unas alas negras; que Yog-Sothoth me salve; el ojo ardiente de tres lóbulos...»

Austral Cuentos ofrece al lector breves antologías de relatos de los mejores escritores de todos los tiempos.

AUTORES DE LA SERIE UNIVERSAL

Antón Chéjov

Joseph Conrad

Nathaniel Hawthorne

E. T. A. Hoffmann

Franz Kafka

Jack London

H. P. Lovecraft

Katherine Mansfield

Edgar Allan Poe

Bram Stoker

Oscar Wilde

Virginia Woolf

AUSTRAL